講談社文庫

レイトショー(上)

マイクル・コナリー｜古沢嘉通 訳

JN054734

講談社

二〇一六年十月五日、バッジを撃ちぬかれて殺害された
ロサンジェルス郡保安官事務所
スティーヴ・オーウェン巡査部長に捧《ささ》ぐ

目次

レイトショー(上)

●主な登場人物〈レイトショー　上巻〉

レネイ・バラード　ロス市警ハリウッド分署深夜勤担当刑事　ハワイ出身の三十代なかばの独身女性

ジョン・ジェンキンズ　ハリウッド分署深夜勤担当ベテラン刑事　バラードの相棒

ラモナ・ラモネ　重体で発見された被害者　トランスジェンダー

ピート・メンデス　ハリウッド分署風俗取締課刑事

マンロー　ハリウッド分署警部補　当直司令官

ロバート・オリバス　市警本部強盗殺人課警部補　バラードの元上司

シンシア・ハデル　ウェイトレス〈ダンサーズ〉銃撃事件被害者

ケン・チャステイン　市警強盗殺人課刑事　バラードの元相棒

アリグザンダー・スペイツ　銃撃事件目撃者

マクシーン・ローランド　ハリウッド分署対人犯罪課主任　女性刑事

テリー・マカダムズ　ハリウッド分署警部補　バラードの上司

トーマス・トレント　アキュラ販売店勤務　車のセールスマン

ヘレラ　ハリウッド分署巡査　女性警官

クリストファー・ネトルズ　窃盗犯

ロブ・コンプトン　州保護観察官　バラードの恋人

ジーノ・サンタンジェロ　死亡した銃撃被害者

ゴードン・ファビアン　死亡した銃撃被害者

ディーン・タウスン　ファビアンの刑事弁護士

マシュー・〝メトロ〟ロビスン　銃撃事件目撃者

ロジャーズ・カー　重大犯罪課刑事

1

バラードとジェンキンズは、午前零時少しまえにエル・セントロ・アヴェニューにあるその家に到着した。勤務に入って最初の呼びだしだった。すでに正面の縁石にはパトカーが一台停《と》まっており、バンガロー式住宅の玄関ポーチで、バスローブ姿の白髪の女性とともに立っているふたりの制服警官にバラードは見覚えがあった。ジョン・スタンリーは、この勤務時間帯の巡査のなかでは最古参――ストリート・ボス――であり、彼のパートナーはジェイコブ・ロスだった。

「きみの担当だろうな」ジェンキンズが言った。

パートナーを組んでから二年経《た》ち、女性の被害者に対応するのはバラードのほうがいいことにふたりは気づいていた。ジェンキンズが、いかつい鬼のような人間であるというわけではなかったが、バラードのほうが女性被害者の感情の機微に敏感だった。男性被害者の事件に駆けつけた際には逆が真になった。

「了解」バラードは言った。

ふたりは車を降り、明かりの灯《とも》ったポーチへ向かった。バラードは携帯無線機《ローヴァー》を手にしていた。三段の階段をのぼると、スタンリーがふたりに女性を紹介した。女性の名前はレスリー・アン・ランタナで、年齢は七十七歳だった。自分たちがここでやることは多くないだろうとバラードは思った。たいていの住居侵入窃盗は、報告書一本で終わってしまう。泥棒がなにかの表面に触れ、遺留指紋を採取できそうな痕跡を運よく見かけたなら、指紋採取の鑑識車を差し向けるよう要請できるかもしれなかった。

「ランタナさんは、何者かがアマゾンでの購入商品を彼女のクレジットカードで支払おうとしたと伝えてくる詐欺警告電子メールを今夜受け取ったそうだ」スタンリーが言った。

「ですが、あなたが買ったんではなかった」バラードはランタナ夫人に自明のことを告げた。

「ああ、もしもの場合に取っておいてるカードで、オンラインの注文にはけっして使ってないね」ランタナは言った。「だから、その商品購入に警告が出たのさ。アマゾンには別のカードを使ってるんだよ」

「なるほど」バラードは言った。「カード会社へ連絡はしましたか？」

「まずカードを失ったのかどうか確認しようとしたところ、バッグから財布が無くなっているのに気づいた。盗まれたんだよ」

「どこで、あるいはいつ、盗まれたと思います？」

「きのう、〈ラルフス〉に食料品を買いにいき、そのとき財布を持っていったのはわかってるね。そのあとで家に帰ってから外出してない」

「クレジットカードで代金を支払ったんですか？」

「いや、現金で。〈ラルフス〉ではいつも現金払いさ。でも、割引のため、ラルフス・カードを取りだしたんだ」

「〈ラルフス〉で財布を置き忘れたかもしれないとは思いませんか？　ひょっとしたら、ショップ・カードを取りだす際にレジに？」

「いや、そうは思わないね。あたしゃ自分の持ち物にとても気を遣っているんだ。財布とハンドバッグに。それに呆《ぼ》けちゃいないよ」

「そんなつもりで言ったんじゃありません。いろいろお訊《き》きしているだけです」

バラードは、ランタナが〈ラルフス〉に財布を忘れてしまい、そこでだれかに盗まれたということではなかったと納得したわけではないが、質問の方向を変えてみた。

「この家にどなたと同居されていますか？」

「だれも」ランタナは言った。「ひとりで暮らしている。カズモを別にして。カズモというのはあたしの飼い犬」

「きのう〈ラルフス〉から戻ってから、だれか訪ねてきたり、家のなかに入ってきたりした人はいましたか？」

「いや、だれも来ていない」

「お友だちあるいは親戚の方も訪ねてこなかった？」

「来てない。それに友だちや親戚の人間は訪ねてきたところで、あたしの財布を盗んだりしないさ」

「もちろん、そうでしょうし、わたしはそんなつもりで言ったんじゃありません。人の出入りに関して情報を掴《つか》もうとしているだけです。では、〈ラルフス〉から戻ってきてからずっとご在宅だったわけですね？」

「ああ、家にいたよ」

「カズモはどうです？　散歩に連れていかれます？」

「もちろん、一日二回。だけど、出かけるときは家に鍵をかけているし、そんなに遠くまでいかないんだ。あの子はお爺《じい》さん犬だし、あたしもどんどん若くなってるわけじゃない」

バラードはわかりますよと言うかのようにほほ笑んだ。

「毎日おなじ時間に散歩させているんですか？」

「ああ、きちんとスケジュールを守っているんだ。そのほうがうちの犬にはいい」

「散歩の時間はどれくらいですか？」

「午前中は三十分。午後はそれより長くなることが普通かね。そのときのおたがいの気分次第」

バラードはうなずいた。それだけの時間があれば、サンタモニカの南地域を物色している泥棒が、犬を散歩させているこの女性に目星をつけ、自宅まで尾行できるだろう、とバラードにはわかった。監視をつづけ、彼女がひとり暮らしかどうか見極め、彼女が翌日犬の散歩にでかけるのとおなじ時刻に戻ってくる。たいていの人間が、自分たちの単純極まりないルーティンのせいで、みずからを捕食者に襲われやすくしているのを理解していなかった。腕利きの泥棒は、せいぜい十分もあれば、目当ての家に侵入し、出ていくだろう。

「ほかになにかなくなっているものはないか、家のなかを見てまわりましたか？」バラードは訊いた。

「まだ見ていないよ」ランタナは言った。「財布がなくなっているのがわかったとたんに警察に電話したんだ」

「では、家に入り、少し見てまわり、なにかほかになくなっているものに気がつかれるかどうか確かめてみましょう」バラードは言った。

バラードがランタナに付き添って家のなかに入っていくかたわら、ジェンキンズは勝手口の鍵がいじられていないかどうか確かめに向かった。ランタナの寝室では、クッションの上に一匹の犬がいた。ボクサーのミックス犬で、顔が加齢によって白くなっていた。濡《ぬ》れた目でバラードを追っていたが、起き上がろうとはしなかった。そうするには歳《とし》を取りすぎていた。犬は胸の底から響くような唸《うな》り声を発した。

「だいじょうぶだよ、カズモ」ランタナが犬をなだめた。

「この子は何犬なんです、ボクサーかなにか？」バラードが訊いた。

「ローデシアンリッジバック」ランタナが答える。「だとあたしたちは思ってる」

〝あたしたち〟というのがランタナと犬のことなのか、ほかのだれかのことなのか、バラードには定かではなかった。ひょっとしたらランタナとかかりつけの獣医のことなのかもしれない。

老婦人は宝石を入れたひきだしに目を通して、家のなかの点検を終え、財布以外になくなっているものはなさそうだ、と告げた。その発言を受けて、バラードは〈ラルフス〉で失った可能性を再検討すべきか、はたまた泥棒が家のなかを充分に調べる時間がなかった可能性を考えた。

ジェンキンズが戻ってきて、玄関あるいは裏口のドアの鍵がピッキングにあったり、スリムジムを突っこまれたり、ほかの形でいじくられたりした痕跡はなかったと言った。

「犬の散歩をしていたとき、道になにか普通とはちがったものを見かけましたか？」

バラードは老婦人に訊《たず》ねた。「場違いな人とか？」

「いや、なにも変わったものは見なかった」ランタナは答えた。

「道で工事はなかったですか？　作業員がうろついていたとか？」

「いいや、このあたりではなかったね」

バラードはクレジットカード会社から届いた電子メール通知を見せてほしいとランタナに頼んだ。ふたりはキッチン脇の小スペース《ヌック》に向かった。そこにランタナはラップトップ・コンピュータとプリンター、封筒が積み重なっているファイル用トレイを置いていた。明らかにそこはワークスペースで、そこでランタナは請求書の支払いやオンライン注文をおこなっていた。ランタナは腰を下ろし、コンピュータ画面にクレジットカード会社からの警告メールを呼びだした。バラードはランタナの肩越しに身を乗りだして、そのメールを読んだ。そののち、バラードはランタナに再度クレジットカード会社に電話するよう頼んだ。

ヌックに設置された長いコードつきの壁かけ電話でランタナは電話をかけた。やがて受話器が手渡されると、電話コードを目一杯延ばしてバラードはジェンキンズとともに廊下へ出た。電話口に出たのはインド訛《なま》りの英語話者である詐欺警告担当者だった。バラードはロサンジェルス市警の刑事であると名乗り、詐欺の可能性のある購入として支払いが拒否されるまえのクレジットカードでの商品購入用に入力された購入者住所を明らかにするよう求めた。詐欺警告担当者は、裁判所の許可がなければその情報は渡せない、と言った。

「どういう意味？」バラードは訊いた。「あなたは詐欺警告担当なんですよね？　これは詐欺事件であり、住所を教えてくれれば、その犯罪に対してなんらかの手が打てるかもしれないんですよ」

「すみません」担当は言った。「教えられないんです。わが社の法務部はそのように対処せよと言うはずですし、彼らが教えたことはありません」

「じゃあ、その法務部と話をさせて」

「いま法務部は閉まっています。昼休憩の時間で、閉まっているんです」

「じゃあ、あなたの上司と話をさせて」

バラードはジェンキンズを見、いらだたしげに首を振った。

「あのな、朝になったら、この事件は窃盗課行きになる」ジェンキンズが言った。「連中に処理させればいいじゃないか」

バラードはキッチンのほうをあごで指し示した。犯罪被害者が途方に暮れた表情を浮かべて座っていた。

「公正であることについて、だれもなにも言わないさ」ジェンキンズは言った。「それが現実だ」

五分後、さきほどの担当者の上司が電話に出た。バラードは状況が流動的であり、ランタナ夫人のクレジットカードを盗んだ人物を逮捕するため、迅速に動く必要がある、と説明した。上司の男性は、詐欺警告システムが機能したため、当該クレジットカードの利用が完遂されなかった、と説明した。

「あなたのおっしゃるその〝流動的な状況〟への対処は必要ありません」

「われわれが犯人を捕らえないかぎり、制度が機能しないんです」バラードは言った。「おわかりになりませんか？　カードが利用されるのを停めるのは、その一部でしかない。そのことでそちらの企業顧客は守られるでしょう。ですが、自宅を何者かに侵入されたランタナ夫人を守りはしないのです」

「もうしわけありません」上司は言った。「裁判所の書類がなければお力になれないんです。それが当社の決まり《プロトコル》なんです」

「あなたのお名前は？」

「イルファンと申します」

「いまどこにいるの、イルファン？」

「どういう意味でしょう？」

「ムンバイにいるの？　デリー？　どこ？」

「ええ、ムンバイにおります」

「だからこそ、あなたは意に介さないんだ。なぜなら、この事件の犯人はムンバイにあるあなたの家に入りこんで、財布を盗むことはけっしてないんだから。どうもお世話さま」

バラードはキッチンに戻り、相手が反応するまえに通話を切った。それからパートナーのほうを振り返った。

「いいわ、署に戻り、書類を書き上げ、窃盗課に渡す」バラードは言った。

「さあ、いきましょう」

2

結果的にバラードとジェンキンズは、分署に戻ってランタナの住居侵入窃盗事件の報告書に着手することにはならなかった。一件の暴行事件を調べるよう当直司令からハリウッド長老派教会メディカル・センターへ向かえと指示されたのだ。バラードはER入り口そばの救急車発着場に車を停め、フロントグリルの赤色灯を点《つ》けっぱなしにしたままにし、ジェンキンズとともに自動ドアを通り抜けた。あとで書くことになる報告書のため時刻を心に留める。ERの待合室の受付窓の上にある時計によれば、午前零時四十一分だった。

そこに一級巡査がひとり立っていた。ヴァンパイアのように白い肌をしている。バラードが巡査にうなずくと、巡査はふたりの刑事に状況報告をするため近づいてきた。袖に記章がついておらず、ひょっとしたら新米警官で、分署に配属されたばかりかもしれず、バラードは巡査の名前を知らなかった。

「ハイランド・アヴェニュー近くのサンタモニカ大通りにある駐車場で被害者女性が発見されました」巡査は言った。「そこに遺棄された模様でした。だれがそんな目に遭わせたにせよ、犯人は彼女が死んだと考えたんでしょう。ですが、彼女は生きており、息を吹き返したというか、しばらく半覚醒状態でした。何者かがこっぴどく彼女に暴行を加えたようです。救急車に乗せました。救急隊員のひとりが言うには、頭蓋骨骨折を負っているとのことです。わたしのＴＯも現場にいました」

　暴行事件は拉致事件に格上げされたかもしれなかった。そのことでバラードの関心レベルが上がった。巡査の名札を確認し、名前がテイラーであることを見て取る。

「テイラー、わたしはバラード」彼女は言った。「そしてこちらは、闇の住人こと、ジェンキンズ刑事。いつハリウッド分署《スーパー・シックス》に配属になったの？」

「最初の配属先なんです」テイラーは答えた。

「アカデミーから直で？　まあ、それはようこそ。シックス《うち》は、ほかのどこよりも楽しい目に遭うでしょう。指導警官《トレーニング・オフィサー》はだれ？」

「スミス巡査です、マム」

「わたしはあなたの母親じゃない。マムと呼ばないで」

「すみません、マム。いや、そういうつもりじゃ――」

「スミティは、信頼できる警官よ。できる人物。被害者の身元は確認できた？」

「いいえ、ハンドバッグのたぐいはなかったんです。救急隊員が到着するのを待つあいだ、彼女と話をしようとしました。意識が戻ったりなくなったりを繰り返しており、意味のある言葉をろくに口にしなかったんです。自分の名前はラモナというのだと言った気がしました」

「ほかになにか言っていた？」

「はい、〝逆さまの家〟と言いました」

「逆さまの家？」

「そのように言いました。襲ってきた相手を知っているかとスミス巡査が訊ねたところ、彼女はノーと答えました。どこで襲われたのかと訊いたら、逆さまの家と言ったんです。さっきも言ったように、意味のある言葉をあまり口にしていなかったんです」

バラードはうなずき、逆さまの家とはどういう意味なんだろうと考えた。

「いいわ」バラードは言った。「われわれが調べてくる」

バラードはジェンキンズにうなずくとERの処置室に通じているドアに向かった。

バラードが着ているスーツは、チョーク・ストライプの入ったチャコール・グレーのヴァン・ヒューゼンだった。そのスーツの堅苦しさが自分のライトブラウンの肌と日に焼けてメッシュになっている金髪によく似合っている、とバラードはつねづね思っていた。また、スーツは細身の体軀《たいく》からくる弱々しさを打ち消すのに役立つ権威をかもしだしていた。ガラス窓の向こうの受付女性にベルトにつけたバッジが見えるくらいジャケットをうしろへめくってから、自動ドアをひらいた。

受け入れセンターは、カーテンを閉ざした六つの患者診断処置区画から成り立っていた。医師や看護師や技師たちが、部屋の中央にある司令ステーションのまわりを動きまわっている。てきぱきとした混沌《こんとん》があった。だれもがやるべき仕事を持っており、なんらかの目に見えない手が全体を指揮していた。忙しい夜だった。だが、ハリウッド長老派教会メディカル・センターでは、毎夜、忙しいのだ。

四番処置区画のカーテンのまえに別の巡査が立っており、バラードとジェンキンズはまっすぐその巡査に向かった。巡査は袖に三つの年功袖章をつけていた——署に入って十五年が経過している印だ——また、バラードは巡査をよく知っていた。

「スミティ、そこに担当医がいる？」バラードが訊いた。

メルヴィン・スミス巡査が電話から顔を起こした。それまでメールの文章を打っていたのだ。

「バラード、ジェンキンズ、調子はどうだい？」スミスは言った。「いや、ガイシャしかいない。もうすぐ手術室に運ばれるんだ。頭蓋骨骨折と脳の腫れ。圧力を下げるため、頭部を切開する必要がある、と言ってた」

「それがどんな感じなのか知ってるよ」ジェンキンズが言った。

「じゃあ、被害者は話をしていない？」バラードが訊く。

「もう話していない」スミスが答えた。「鎮静剤が投与された。漏れ聞いたところでは、腫れがおさまるまで昏睡《こんすい》状態に置くという話だった。ところで、ローラはどうしてる、バラード？　しばらく会っていないぞ」

「ローラは元気」バラードは言った。「あなたたちが被害者を見つけたの、それとも通報があったの？」

「緊急通報だった」スミスが言った。「だれかが通報してきたにちがいない。だけど、おれたちが現着すると通報者は姿を消していた。おれたちが最初に来たとき、ガイシャは死んでいると思ったんだ」

「事件現場を保全するためにだれかを呼びだした？」バラードは訊いた。

「いいや、アスファルトの上に血痕もなにもなかったんだ、バラード」スミスが答えた。「こいつは死体遺棄事件だったんだ」

「ちょっと、スミティ、そりゃないよ。われわれは現場を調べないといけない。ここから出て、現場に鑑識チームを来させるため駐車場を封鎖しにいってちょうだい。パトカーのなかで書類仕事かなにかできるでしょう」

スミスは上位の刑事であるジェンキンズを見、承認を求めた。

「バラードの言うとおりだ」ジェンキンズは言った。「事件現場を立てる必要がある」

「了解」スミスは言った。口調で、その仕事の割り当てが時間の無駄になる、と思っているのが窺《うかが》えた。

バラードはカーテンをかきわけて四番処置区画に入った。被害者はベッドに仰向けに寝ていた。傷を負った体にライトグリーンの患者衣を着せられていた。両腕と鼻に管が入っていた。警察に入って十四年、バラードは暴力の被害者を数多く目にしてきたが、まだ命がある被害者を見たなかでは、今回のは最悪のケースだった。女性は小柄で、せいぜい五十キロを少し超える程度に見えた。両方の瞼《まぶた》が腫れあがってかたくふさがっており、右目の眼窩《がんか》が皮膚の下で明らかに折れていた。顔の形が擦りむけている右側顔面の腫れのせいでかなり歪《ゆが》んでいた。激しく殴打され、顔を下にして地面――たぶん駐車場の地面――を引きずられたのが明白だった。バラードはベッドに近づいて身をかがめ、被害者の下唇にある傷をじっくり見た。深い噛《か》み痕があり、無惨にも唇を断ち割っていた。唇の裂けた組織は、仮留めに二針縫われて繋げられていた。形成外科の世話にならなければならないだろう。仮に被害者が生き延びたとしても。

「まったくなんてこと」バラードは言った。

バラードはベルトから携帯電話を外し、カメラ・アプリをひらいた。写真を撮りはじめる。被害者の正面顔写真からはじめ、個々の顔面の傷を接写する。ジェンキンズはなにも言わずに眺めていた。バラードの捜査のやり方をジェンキンズは心得ていた。

バラードは胸部の負傷の有無を確認するため、患者衣の上のボタンを外した。胴体の左側に視線が惹《ひ》きつけられた。人の拳というよりもなにかの物体でつけられたような輪郭をした濃い痣がいくつか、直線状に並んでいた。

「これを見て」バラードが言った。「ブラスナックル？」

ジェンキンズが身を乗りだした。

「そうみたいだな」ジェンキンズは言った。「たぶんそうだろう」

目にしたものにうんざりして、ジェンキンズは体を起こした。ジョン・ジェンキンズは、警察に入って二十五年になり、こと共感力を求められる場面になると長いあいだ心を動かさずに対処してきたと、バラードは知っていた。ジェンキンズは優秀な刑事だった——みずから望んだ場合には。だが、彼は永年警察に勤めてきたおおぜいの職員とおなじだった。だれからも邪魔されず仕事をしたがっているだけだ。ダウンタウンの市警本部は、ＰＡＢと呼ばれている。警察本部ビル《ポリス・アドミニストレーション・ビルディング》の略称である。ジェンキンズのような警察官は、ＰＡＢが政治《ポリティクス》アンド官僚主義《ビュロクラシー》、あるいは策謀《ポリティクス》アンドでたらめ《ブルシット》の略称だと信じていた。どちらか、好きなほうを選んでくれればいい、と。

夜間勤務への配属は、市警の政治と官僚主義と衝突した警察官に言い渡されるのがふつうだった。だが、ジェンキンズは夜十一時から朝七時のシフトに志願した例外的な存在だった。妻が癌《がん》を患っており、妻が起きて、夫を必要としている昼間の時間につねに自宅にいて、妻が眠っている時間に働くことをジェンキンズは望んだ。

バラードはさらに写真を撮った。被害者の乳房も損傷し、痣ができていた。右の乳首が唇同様引きちぎられていた。歯で嚙みちぎられたものだ。左の乳房はたわわに丸かった。右の乳房のほうが小さく、平らだった。片方の豊胸用のインプラントが体内で破れたのだ。そうなるのにどれほどの衝撃がかかったのか、バラードは知っていた。たった一回だけだが、以前に目にしたことがあった。その被害者は死んだ。

バラードは被害者の患者衣をそっと閉じ、両手の防御創の有無を調べた。指の爪は割れて、血まみれだった。手首のまわりに濃い紫色の痕と皮膚の剥離があり、被害者が擦過傷の付くほど長いあいだ、縛られ、囚《とら》われの身になっていたことを示していた。囚われていたのは、数分ではなく、数時間だろう、とバラードは推測した。ひょっとしたら数日かもしれなかった。

バラードはさらに写真を撮ったが、被害者の指の長さと、指関節部の幅広さに気づいた。サンタモニカ大通りとハイランド・アヴェニュー——わかっておくべきだった。前開きの患者衣のすそに手を伸ばし、持ち上げた。被害者が生物学上は男性であることを確認する。

「クソ、そんなの見るまでもなかった」ジェンキンズが言った。

「もしスミティがこのことを知っていて、わたしたちに言わなかったとしたら、クソったれ野郎ね」バラードは言った。「状況が変わる」

バラードは怒りの炎をわきへ押しやり、本題に戻した。

「今夜、分署を出るまえに風俗取締《とりしまり》課で出勤している人間をだれか見かけた？」バラードは訊いた。

「うーん、そうだな、連中はなにか動いているようだった」ジェンキンズは言った。

「その中身はわからない。休憩室にピストル・ピートがいて、コーヒーを淹《い》れているのを見た」

バラードはベッドから後退し、携帯電話の画面をスワイプして、被害者の顔写真が出てくるまで戻した。その写真をハリウッド分署風俗取締課のピート・メンデス宛メールに添付して送った。次のメッセージを入れる――

この男に見覚えある？　名前はラモナ？　サンタモニカ売春通り《ストロール》で？

メンデスはハリウッド分署で伝説の人物だったが、かならずしもまっとうな理由からではなかった。警察官としてのキャリアの大半を風俗取締課の潜入警官として過ごしており、若手の巡査だったころ、男娼《だんしょう》を装って、サンタモニカ売春通りに配置されることがよくあった。そうした囮《おとり》捜査の際、メンデスは盗聴装置を装着していた。その録音によって立件し、たいていの場合、容疑者に容疑に関して有罪を認めさせることにつながるからだった。メンデスが容疑者と遭遇した時の盗聴録音のひとつが、いまだに退職記念パーティーや課の親睦会で再生されていた。メンデスがサンタモニカ大通りで立ちんぼをしていると、客候補が車を近づけて停めた。提供されるサービスの代金支払いに同意するまえに男はメンデスに一連の質問をし、そのなかに勃起時のペニスの大きさを問うものがあった。むろん、男はそんな丁寧な言葉遣いでは訊かなかったが。

「十五センチほど」メンデスは答えた。

男はがっかりして、それ以上なにも言わずに車で走り去った。数分後、風俗取締課の巡査部長が隠れ場所を離れ、通りにいるメンデスのもとに車を乗りつけた。ふたりのやりとりも録音された。

「メンデス、おれたちはここに逮捕しに来ているんだ」巡査部長は言った。「次にだれかがおまえのチンポの長さはどれくらいだと訊いたら、頼むから、大げさに言え」

「言いましたよ」そうメンデスは答えた——そのせいで、ずっと決まり悪い思いをする羽目になった。

バラードはカーテンをひらき、スミスがまだそばにうろついているかどうか確かめようとしたが、スミスとテイラーは姿を消していた。バラードは司令ステーションに歩いていき、看護師のひとりに話しかけようとした。ジェンキンズがあとにつづいた。

「ロス市警のバラードとジェンキンズ」バラードは言った。「四番区画の被害者を処置した医師と話をする必要があるんだけど」

「先生はいま二番にいます」看護師は言った。「そこが終わればすぐ話せます」

「患者はいつ手術に連れていかれるの？」

「手術スペースが空き次第すぐ」

「レイプ証拠採取キットで調べた？　肛門《こうもん》の拭い取りは？　爪の残存物採取もしてもらう必要がある。それの手伝いをしてくれる人はいるかしら？」

「彼の手当てにあたったスタッフは命を救おうとしていました──それが優先事項だったんです。それ以外のことについては先生に訊いてもらわないと」

「それをわたしは頼んでいるの。担当医に話をしたい──」

手のなかで携帯電話が振動するのをバラードは感じ、看護師に背を向けた。メンデスから返信メールが届いていた。バラードはメンデスの回答をジェンキンズに読み聞かせた。

「『ラモナ・ラモネ、ドラゴン。本名ラモン・グチエレス。二週間まえにここに収容されていた。前科はラモナの手術前のチンポより長い』うまい言い表し方ね」

「メンデス自身の寸法を考えればな」ジェンキンズは言った。

ドラァグクイーン、異性装者、トランスジェンダーは、みな一様に、風俗取締課では、ドラゴンと呼ばれていた。明確な区別はつけられていない。それはいいことではなかったが、受け入れられていた。バラード自身、風俗取締課の囮捜査チームに二年間いた。ゆえに風俗取締課の内情に詳しく、その隠語を知っていた。たとえ何時間感受性トレーニングを警官に受けさせたところで、その呼び方はなくなりはしないだろう。

バラードはジェンキンズを見た。バラードがなにか言うまえにジェンキンズが言った。

「だめだ」

「なにがだめなの？」バラードは訊いた。

「きみがなにを言おうとしているのかわかっている。この事件を手元に置いておきたいと言うつもりだ」

「これはヴァンパイア事件よ――夜に調べる必要がある。これを性犯罪課に引き渡したら、さきほどの窃盗事件のようになるのが落ち――事件の山のなかに埋もれてしまう。九時から五時まで調べてみるでしょうけど、なんの成果も挙がらない」

「それでもだめだ。おれたちの仕事じゃない」

そこがふたりのパートナー関係における主な口論のもとだった。ふたりは深夜勤務帯で働いていた。深夜番組《レイトショー》と呼ばれているシフトだ。事件から事件へ移動する。初動報告書を作成したり、自殺として片づけたりするために刑事が必要とされるあらゆる現場へやってくる。だが、ふたりが事件をそれ以降担当することはなかった。初動報告書を作成し、翌朝、しかるべき捜査担当班に引き継ぐのだった。強盗、性的暴行、窃盗、自動車盗難等々。ときおり、バラードは事件を最初から最後まで担当したくなった。だが、それは自分たちの職分ではなく、ジェンキンズにその定義から一ミリも離れる意思は毛頭なかった。彼は深夜勤務帯における定時遵守者だった。自宅に病気の妻を抱えており、毎朝、妻が目覚める時間までに帰宅したがっていた。残業は念頭になかった——給与の面においても、仕事の面においても。

「ねえ、ほかになにかわたしたちがやることがある?」バラードは懇願するように訊いた。

「事件現場を調べ、実際に事件があった現場なのか確認する」ジェンキンズは言った。「それから分署に戻り、この件とあの老婦人の盗難に関する報告書を書く。もし運がよければ、これ以上出動要請はかからず、明け方まで書類作業にいそしむ。さあ、いくぞ」

ジェンキンズは立ち去る動きをしたが、バラードは従わなかった。ジェンキンズはくるりと振り返り、バラードの元に戻った。

「なんだ？」ジェンキンズは問うた。

「これをやったのがだれであれ、邪悪極まりない人間よ、ジェンクス」バラードは言った。「わかっているでしょ」

「その話を蒸し返すのをよせ、おれは付き合わないからな。この手の犯行を百回は目にしているだろ。車で物色に出たどこぞの男が、このあたりの事情を知らず、売春通りにイカす女を見つけ、車を停める。交渉をして、相手を駐車場に連れこみ、ミニスカートの下にドジャースのホットドッグを見つけて、高い買い物をしたあとの後悔をする。相手をぶちのめし、車に乗って去っていく」

ジェンキンズが事件の要約を終えるまえにバラードは首を横に振りはじめた。

「その要約はあの咬傷《こうしょう》に合致しない」バラードは言った。「ブラスナックルを持参しているのと合わない。計画的犯行を示している。これは邪悪極まりない人間がそこにいるということである。彼女は長期間縛られていた。なにかもっと深いものを示していることであり、わたしはこの事件を捜査しつづけ、状況を変えるためのなんらかの手を打ちたい」

職制上、ジェンキンズは上位のパートナーだった。その手のことについてジェンキンズが下した判断が優先される。分署に戻り、バラードが希望するなら、幹部職員に訴えることはできた。だが、これはパートナー同士の協調のため下す決断であらねばならなかった。

「おれは事件現場に立ち寄ってから、書類を書きに戻る」ジェンキンズは言った。「侵入事件は、窃盗課《テーブル》に委ねられるだろう。そしてこの事件——こいつは対人犯罪課行きだ。ひょっとしたら殺人課の担当になるかもしれない。あいつの状態はよくなさそうだったからな。話は以上だ」

決定を下し、ジェンキンズはドアの方向に向き直った。彼はこの仕事について非常に長く、いまだに個々の犯罪担当課をテーブルと呼んでいた。一九九〇年代当時、個々の課はまさにそのとおりだった——机を寄せ合ってまとめ、長いテーブルを形作っていた。窃盗テーブル、対人犯罪テーブル、などなど。

バラードはジェンキンズのあとを追って出ていこうとしたが、あることを思いついた。カウンターの向こうにいる看護師のところに戻る。

「被害者の着衣はどこかな？」バラードは訊いた。

「袋に詰めました」看護師が答える。「ちょっと待って」

ジェンキンズはドアのそばで立ち止まり、バラードを振り返った。バラードは指を一本立て、待ってほしいと伝えた。ステーションのひきだしから、看護師は被害者の所持品をすべてまとめた透明のビニール袋を取りだした。安っぽい宝石類とスパンコールつきの衣服。二本の鍵がついたキーチェーンにつながっている小型の催涙ガスボンベ。財布や現金や携帯電話はない。看護師はバラードにビニール袋を渡した。

バラードは看護師に名刺を渡し、担当医師に自分に電話をかけてもらうよう頼んだ。そののち、バラードはパートナーと合流し、ふたりで救急車発着場に通じている自動ドアを通ろうとしていたところ、携帯電話が鳴った。画面を確認する。当直司令官のマンロー警部補からだった。

「警部補」

「バラード、きみとジェンキンズはまだハリウッド長老派病院にいるのか？」

バラードはマンローの切迫した口調に気づいた。なにかが起こったのだ。バラードは歩くのを止め、ジェンキンズにそばに寄るよう合図した。

「出ていこうとしているところです。なぜです？」

「スピーカー・モードにしろ」

バラードは言われたとおりにした。

「いいですよ、どうぞ」バラードは言った。

「サンセット大通りのクラブで四人が死亡した」マンローが言った。「ブースのなかにいた何者かが同席した相手に銃をぶっ放しはじめたんだ。五人目の被害者を乗せた救急車がそっちに向かっている。最新の報告では、虫の息だそうだ。バラード、きみはそこに留まり、可能なかぎり手に入る情報を押さえろ。ジェンキンズ、おまえを連れ戻すため、スミティと新米をそっちへ向かわせている。本部の強盗殺人課がこの事件を引き継ぐのは間違いないが、連中が動員されるまでに若干の時間がかかるだろう。パトロール隊に現場の確保と、司令センターの設置をさせる手配をし、目撃証人を押さえさせようとしたんだが、大半の目撃証人は銃弾が飛びだしはじめると散り散りになってしまった」

「場所はどこです？」ジェンキンズが訊いた。

「ハリウッド・アスレチック・クラブ近くの〈ダンサーズ〉だ」マンローは言った。

「知ってるか？」

「知ってます」バラードが言った。

「けっこう。では、ジェンキンズ、そこへ向かってくれ。バラード、きみは五人目の被害者の情報収集が済み次第、そちらへ向かえ」

「警部補、暴行事件の現場を調べる必要があります」バラードは言った。「スミティと新米を向かわせました――」

「今夜はだめだ」マンローは言った。「〈ダンサーズ〉は、総員参加の捜査になる。都合がつくすべての鑑識チームがそっちへ向かっている」

「では、この事件の現場は放置するんですか？」バラードが訊いた。

「昼のシフトに任せろ、バラード。連中にあした気をもませてやればいい」マンローは言った。「もう切らなくては。諸君の任務を履行するように」

それだけ言ってマンローは通話を切った。ジェンキンズは、事件現場について、言ったとおりだろ、という目つきでバラードを見た。そしてあたかもそれがきっかけになったかのように、近づいてくるサイレンの音が夜闇に鳴り響いた。バラードは救急車のサイレンと警察車両のサイレンの違いがわかっていた。これはスミティとテイラーがジェンキンズを拾いにやってきたのだ。

「向こうで会おう」ジェンキンズが言った。

「了解」と、バラード。

サイレンが鳴り止《や》み、SUVタイプのパトカーが通用路を通って、発着場にやってきた。ジェンキンズが後部座席に体を押しこめると、パトカーは発進し、ビニール袋を手にその場に突っ立っているバラードをあとに残した。

自分のほうに近づいてくる第二のサイレンの遠い音が聞こえた。五人目の被害者を運んでいる救急車のサイレンだ。バラードはガラスドア越しに振り返り、ERの掛け時計の時刻を心に留めた。午前一時十七分。バラードの勤務は、はじまってまだ二時間ほどしか経っていなかった。

3

救急車が通用路を通って発着場に到着すると、サイレンは鳴り止んだ。バラードは待機し、見守っていた。救急車の後部の両開きドアがあき、救急隊員たちがストレッチャーに載せた五人目の被害者を運びだした。女性被害者はすでに呼吸補助の袋を口元に被《かぶ》せられていた。

待ち構えているERチームに救急隊員チームが、被害者は救急車内で心肺停止に陥り、蘇生《そせい》させ、安定させたが、ここまで来る途中で再度心肺停止したと伝えているのをバラードは聞いた。ERチームがドアから出てきて、ストレッチャーを摑み、すばやく処置室のなかを通らせ、オペ室へと運んでくれるエレベーターにまっすぐ向かった。バラードはあとからついていき、エレベーターのドアが閉まるまえに最後に乗った。淡い青色の手術着を着た四人の医療従事者チームがストレッチャー上の女性を生かしつづけようと試みているあいだ、バラードはエレベーターの隅に立っていた。

エレベーターが揺れ、ゆっくりと上昇をはじめると、バラードは被害者の様子をじっくり見た。女性はカットオフ・ジーンズ、ハイトップのコンバース、それに血まみれの黒いタンクトップを身につけていた。ジーンズのポケットのひとつに四本のペンの蓋が留められているのにバラードは気づいた。そのことから、この女性被害者は、発砲が起こったとき、クラブのウェイトレスをしていたのだろう、とバラードは推測した。

女性は胸のど真ん中を撃たれていた。顔が呼吸マスクでよく見えなかったが、二十代なかばだろう、とバラードは見積もった。両手を確認したが、指輪やブレスレットはつけていなかった。左の手首の内側に黒インキで一頭のユニコーンを描いているタトゥが入っていた。

「きみは何者だ？」

バラードは患者から顔を起こしたが、だれに話しかけられたのかわからなかった。全員がマスクを着用していたからだ。男性の声だったが、目のまえにいる四人のうち三名が男性だった。

「バラード、ロス市警」バラードは言った。

バラードはベルトからバッジを外し、掲げて見せた。

「マスクをつけてくれ。これから手術室に入るんだ」

女性職員がエレベーターの壁にかけられたディスペンサーからマスクを一枚抜き取り、バラードに手渡した。バラードはそのマスクをすばやく装着した。

「それからうしろに下がって、邪魔にならないようにしてくれ」

ドアがようやくひらき、バラードはすばやくエレベーターを降りると、脇へどいた。ストレッチャーが急いで外へ出され、まっすぐオペ室へと運ばれた。観察用のガラス窓がついている。バラードはオペ室の外に留まり、ガラス越しに眺めた。医療チームは、若い女性被害者を死から引き戻し、手術に備えさせる勇敢な試みをしたが、その努力に入って十五分後、作業を止め、患者は亡くなったと宣告した。午前一時三十四分のことで、バラードはそれを書いて記録した。

医療スタッフが部屋を出て、別の患者に向かうと、バラードは取り残され、亡くなった女性とふたりきりになった。遺体は、すぐにオペ室から運びだされ、遺体置き場に持っていかれ、検屍局《けんしきょく》の車とチームが回収にくるのを待つことになるだろう。だが、それによってバラードには少し時間ができた。バラードはオペ室に入り、若い女性の様子をじっくり眺めた。シャツが切り広げられ、胸があらわになっていた。

バラードは携帯電話を取りだし、胸骨の銃創の写真を一枚撮影した。火薬が飛び散っている跡がないことを心に留める。百二十センチ以上の距離から放たれた銃弾であるとバラードに告げていた。熟練者の射撃だったように見えた。動いている最中で、しかもアドレナリンが分泌されている状況での発砲であることを考慮すると、的のど真ん中に命中させる名手の仕業のように思えた。殺人犯と相対するときが来るのなら、考慮すべき内容だった。現時点ではありそうにないことではあったが。

バラードは死亡した女性の首に紐《ひも》が巻きついているのに気づいた。チェーンやなんらかの宝石のたぐいではなかった。撚糸《よりいと》だった。かりにペンダントが付いていたとしても、紐自体が血のこびりついた髪束の下に隠れていたので見えなかった。バラードはドアを見て、だれもいないことを確認してから、被害者を振り返った。髪の毛から紐を引きほどいて手元に近づけたところ、小さな鍵がくくりつけられているのを目にした。手術道具のトレイに載ったメスを見て、バラードはそれを摑んで紐を切り、引っ張って外した。上着のポケットからラテックス製手袋を取りだし、証拠保管袋の代わりにして鍵と紐をそのなかに入れた。

手袋をポケットに入れてから、バラードは被害者の顔をしげしげと眺めた。両目がわずかにひらいており、ゴム製の挿管器具がまだ口に突っこまれたままだった。バラードはそのことが気になった。器具が女性の顔を不自然に歪めており、もし彼女が生きているならその様子を恥ずかしく思うだろう、とバラードは思った。器具を外してやりたかったが、そうすることは定められた手順に反しているとわかっていた。検屍《けんし》官《かん》は死んだときの状態のまま遺体を受け取ることになっていた。バラードは鍵を入手したことですでに一線を越えていたが、ゴム製の挿管器具がもたらす屈辱が心にこたえた。バラードは器具に手を伸ばしたが、背後から声がかかり、その動きを中断させた。

「刑事さん？」

振り返ると、被害者を運びこんだ救急隊員のひとりであることにバラードは気づいた。彼はビニール袋を掲げて見せた。

「なかに入れているのは、彼女のエプロンです」救急隊員は言った。「彼女のチップが入っています」

「ありがとう」バラードは言った。「わたしがもらうわ」

救急隊員は袋をバラードに手渡した。バラードはそれを目の高さに掲げた。

「被害者の身元を確認するものを手に入れた？」バラードは訊いた。

「いや、手に入らなかったと思います」救急隊員は言った。「彼女はカクテル・ウェイトレスです。だから、荷物はみんな、自分の車かロッカーかなにかに入れているんじゃないかな」

「わかった」

「でも、名前はシンディですよ」

「シンディ?」

「ええ、クラブでぼくらは訊いたんです。ほら、そうすれば個人的に話しかけられるから。だけど、関係なかったですね。死んでしまったから」

救急隊員は遺体を見下ろした。バラードは相手の目に悲しさが浮かんでいるのが見えたと思った。

「あと数分早く現場に到着していれば」救急隊員は言った。「ひょっとしたらなにか手は打てたかもしれない。実際は、わかりませんけど」

「あなたたちは最善を尽くしたはず」バラードは言った。「もしできたなら、彼女はあなたたちに感謝したでしょう」

救急隊員はバラードを改めて見た。

「ここからはあなたが最善を尽くしてくれる、そうですね?」救急隊員は訊いた。

「わたしたちは最善を尽くすわ」そう言いながらも、いったん本部の強盗殺人課が引き継げば、自分の担当事件ではなくなるだろうとわかっていた。

救急隊員が部屋を出ていったあとすぐにふたりの病院用務係が遺体を移動させるために入ってきた。オペ室を滅菌消毒し、順繰りに回転させるためだ――ERは忙しい夜を迎えていた。ふたりはビニールシートで遺体を覆い、ストレッチャーを移動させた。被害者の左腕が剝《む》きだしになっており、手首に入れられたユニコーンのタトゥをバラードは再度目にした。バラードは被害者のエプロンを入れたビニール袋を摑んで、ストレッチャーのあとについて、オペ室を出た。

バラードは廊下を歩きながら、窓越しにほかのオペ室を見た。ラモン・グチエレスが運びこまれ、脳の腫れの圧力を下げるための手術を受けているのにバラードは気づいた。しばらく眺めているうちに携帯電話が振動し、届いたショートメッセージを確認した。マンロー警部補からのショートメッセージで、五人目の被害者の状態を訊ねていた。バラードはエレベーターに向かいながら、返信した。

KMA――現場に向かいます。

KMAは、無線の終了時に用いられていたロス市警の古い符牒《ふちょう》だった。なにかあったら連絡してくれ《キープ・ミー・アプライズド》の略語だと言われてもいたが、実際に使用されているのは、通信終了《オーヴァー・アンド・アウト》と同様の意味でだった。それが〝巡回終了〟、もしくは今回の場合のように〝被害者死亡〟を意味するようになった。

　動きの鈍いエレベーターで降りていくあいだ、バラードはラテックスの手袋をはめ、救急隊員から渡されたビニール袋をあけた。ウェイトレスのエプロンのポケットを調べる。ひとつのポケットに紙幣の束、もうひとつのポケットに煙草《たばこ》のパックとライター、小型のメモ帳が入っていた。バラードは、以前に〈ダンサーズ〉に入ったことがあり、そのクラブがロサンジェルスを舞台にした偉大な小説『ロング・グッドバイ』に登場するクラブから名前をもらっているのを知っていた。また、その店のスペシャル・ドリンクのメニューはすべてロサンジェルスを舞台にした小説の題名、たとえば、『ブラック・ダリア』、『ブロンド・ライトニング』（未訳。テリル・リー・ランクフォードの二〇〇五年の長篇）、『インディゴ・スラム』（未訳。ロバート・クレイスの一九九七年の長篇）にちなんでいるのも知っていた。メモ帳はウエイトレスの必需品なのだろう。

　車に戻り、バラードはトランクをあけ、証拠を保管するためにジェンキンズとともに利用している段ボール箱のひとつにビニール袋を入れた。深夜勤務帯では、複数の事件の証拠を集めることがままあるため、ふたりは段ボール箱用に車のトランク・スペースをわかちあっていた。今夜まずラモン・グチエレスの所持品を段ボール箱のひとつに入れていた。別の段ボール箱にエプロンが入ったビニール袋を入れ、赤い証拠保全テープで封印すると、トランクを閉めた。

バラードが〈ダンサーズ〉に到着した頃には、事件現場は、リングが三つあるサーカスになっていた。リングリング・ブラザーズ・アンド・バーナム・アンド・ベイリー・サーカスのたぐいのサーカスではなく、警察のサーカスであり、三つのリングが事件の規模と複雑さとマスコミの注目を示していた。中央のリングは実際の事件現場だった。そこで捜査員と鑑識職員が働いている。そこがレッド・ゾーンだ。そこを第二のリングが取り巻いている。そこに捜査指揮官や制服警官たちがいて、野次馬とマスコミ対策の指揮所が置かれている。三つめの一番外のリングは、記者やカメラマンがおり、この手の事件に付き物の野次馬が集まっていた。

サンセット大通りの東向き車線はすべて、すでに通行止めになり、供給過剰の警察および報道車両の駐車スペースになっていた。西向き車線は、這《は》うような遅さで動いていた。ドライバーたちが警察活動の光景を一目見ようとして速度を緩めるため、ブレーキ灯が長いリボン状につづいていた。バラードは一ブロック先の縁石に駐車スペースを見つけ、そこから歩いてサーカスに近づいた。ベルトからバッジを外し、裏のクリップに巻きつけていた紐をほどいて頭をくぐらせ、首からぶら下げたバッジが見えるようにした。

一ブロック分歩くと、署名して入れるよう事件現場出動簿を持っている巡査を探さねばならなかった。最初のふたつのリングは黄色い事件現場保全テープで通行禁止になっていた。バラードは最初のテープを持ち上げ、下をくぐると、第二のリングでクリップボードを持って、監視をしている巡査を目にした。名前はダンウーディで、知ってる警官だった。

「ウーディ、なかに通して」バラードは言った。

「バラード刑事」ダンウーディはそう言うと、クリップボードに記入をはじめた。「この事件は本部の強盗殺人課がそっくり担当するんだと思ってました」

「担当するよ。でも、わたしは五番目の被害者といっしょにハリウッド長老派病院にいたの。だれが指揮を執ってる?」

「オリバス警部補です――ハリウッド分署と西部方面隊の幹部から市警本部長室のスタッフまであらゆる人間が鼻を突っこんでいます」

バラードはうめき声を漏らしそうになった。ロバート・オリバスは本部強盗殺人課の殺人事件特捜班のひとつを率いていた。バラードはオリバスと過去に悶着《もんちゃく》があった。四年まえ、オリバスが重大麻薬犯罪班から強盗殺人課に昇進し、バラードがオリバスのチームに配属されたときからはじまるものだった。その過去の悶着が元で、バラードはハリウッド分署のレイトショーに飛ばされたのだ。

「ジェンキンズをこのあたりで見かけた？」バラードは訊いた。

五番目の被害者に関して直接オリバスに報告するのを避けられる計画を立てようとバラードは急いで頭を回転させた。

「確かに見かけましたね」ダンウーディは言った。「どこだったかな？　あ、そうだ、目撃証人用にバスを用意しているんです。全員をダウンタウンの本部へ連れていくために。ジェンキンズ刑事はその監督をしていたと思います。ほら、だれもずらからないように目を光らせて。どうも発砲がはじまったとき、沈む船の鼠《ねずみ》みたいだったようですよ。少なくとも、ぼくの聞いたところでは」

バラードは内緒話をするため、ダンウーディに一歩近づいた。警察車両の海に目を走らせる。いずれも屋根につけた警告灯を灯していた。

「ほかになにを聞いた、ウーディ？」バラードは訊いた。「店内でなにがあったの？この事件は去年のオーランドみたいなやつ？」

「いや、いや、テロじゃありません」ダンウーディが答える。「聞いたところじゃ、ひとつのブースに四人が座っていて、なにかまずい事態が起こったそうです。ひとりが発砲をはじめ、ほかの三人を殺《や》ってしまった。それから逃げていく途中でウェイトレスと用心棒を殺した」

バラードはうなずいた。なにが起こったのかについて理解する端緒となった。

「で、目撃証人たちを押さえているジェンキンズはどこにいるの？」

「連中は隣の庭にいます。まえに〈猫とフィドル〉があったところに」

「了解。ありがと」

〈ダンサーズ〉は、中央に中庭のあるスペイン様式の古い建物の隣にあった。中庭は〈猫とフィドル〉の屋外席だった。その店は英国スタイルのパブで、最寄りのハリウッド分署の非番警官と、ときには非番ではない警官のよくたむろする場所だった。だが、少なくとも二年まえに廃業し――ハリウッド地域の家賃高騰の犠牲者だった――もぬけのからになっていた。いまは目撃証人たちの囲い檻《おり》として徴発されているところだ。

古いビアガーデンに通じる門つきアーチの外にもうひとりの巡査が立ち番をしていた。巡査はバラードにうなずいて、なかへ入るのを認め、バラードは錬鉄製の門扉を押しあけた。ジェンキンズが石造りの古いテーブルに座って、手帳に書きこんでいるのを見つけた。

「ジェンクス」バラードが声をかけた。

「やあ、パートナー」ジェンキンズは言った。「女の子は助からなかったんだってな」

「救急車のなかで心肺停止になった。そのあと、心拍を戻せなかった。だからわたしは彼女と話をできなかった。ここでなにか情報は手に入った？」

「たいしたものはない。発砲がはじまったとき、賢い連中は地面に伏せた。もっと賢い連中は店の外に逃げだしたので、ここには座っていない。おれの知るかぎりでは、あのかわいそうな連中を乗せるバスが到着次第、おれたちはここを出ていける。あとは強盗殺人課のショーだ」

「わたしの担当した被害者について、だれかと話をしないと」

「まあ、それはオリバス、あるいはやつの部下のだれかになるだろうな。きみがそれをやりたがるとは思えないが」

「わたしに選択権がある？　あなたはここを動けない」

「こうなるとおれが企《たくら》んだわけじゃない」

「このなかでだれかウェイトレスが撃たれたのを見たと言ってた人はいた？」

ジェンキンズは各々の屋外テーブルにざっと目を走らせた。およそ二十名が座って待っていた。ハリウッドの流行に敏感な連中とクラブ従業員の混淆《こんこう》だった。タトゥとピアスの山。

「いや。だけど、聞いたところでは、発砲がはじまったとき、彼女は問題のブースのテーブルで給仕をしていたらしい」ジェンキンズは言った。「ブースには四人の男がいた。ひとりが大口径の拳銃を抜き、ほかの連中が座っている状態で撃った。発砲犯を含め、おおぜいが散り散りになりはじめた。犯人はドアに向かって進もうとしたとき、ウェイトレスを撃った。用心棒も殺した」

「そしてだれもそのことについてなにも知らない」

「少なくともここにいる連中はだれも」

ジェンキンズは目撃証人たちのほうへ片手を振った。その仕草は、石造りのテーブルに座っている客のひとりにとって、手招きのように見えたようだ。その客が立ち上がり、近づいてきた。ブラックジーンズの前ベルトループから後ろポケットに繋がって、垂れている財布チェーンが歩くたびにジャラジャラ鳴った。

「なあ、あんた、いつになったらおれたちはお役御免になるんだ?」男はジェンキンズに向かって言った。「おれはなにも見てないし、なにも知らないんだ」

「さっきも言いましたように」ジェンキンズは言った。「刑事たちが正式の供述を取るまで、だれもこの場を離れることはありません。席に戻ってくださいますね」

ジェンキンズは丁寧な言葉遣いではありながら、威嚇と権威をこめた口調で言った。客は一瞬まじまじとジェンキンズを見てから自分のテーブルへ戻っていった。

「バスに乗せられるのを知らないの？」バラードは声を潜めて言った。

「まだ知らない」ジェンキンズは言った。

バラードがさらに言葉を返すまえに、携帯電話が振動するのを感じ、抜き取って画面を確認した。発信者不明だったが、同僚の警察官からかかってきた可能性がきわめて高いとわかっていたので、電話に出た。

「バラードです」

「刑事、警部補のオリバスだ。長老派病院にわたしの五番目の被害者ときみがいっしょにいたと言われた。わたしならそうさせる選択をしなかっただろうが、きみがもうすでにそこにいたのは理解している」

バラードは答えるまえに一拍黙った。胸のなかに恐怖の感覚が募ってくる。

「そのとおりです」バラードはようやく言った。「彼女は心肺停止になり、遺体は検屍局の引き取りチームを待っています」

「被害者から供述を取れたのか？」オリバスが訊いた。

「いいえ、彼女は到着時死亡でした。蘇生が試みられたんですが、かないませんでした」

「なるほど」

事情聴取できるまえに被害者が死んだのはバラードの側に落ち度があるとほのめかす口調でオリバスは言った。バラードは応答しなかった。

「報告書を書き、明日の午前中にわたしに届けろ」オリバスは言った。「以上だ」

「あの、わたしは現場に来ています」バラードは相手が電話を切るまえに言った。

「目撃証人たちのそばにいます。わたしのパートナーといっしょに」

「それで?」

「それで被害者の身元を確認するものはありませんでした。彼女はウェイトレスでした。たぶん店内のどこかにロッカーがあり、財布や携帯電話を入れているでしょう。わたしが――」

「シンシア・ハデルだ――バーのマネージャーがわたしにそう言った」

「わたしがそれを確認し、所持品をまとめましょうか。それとも、警部補の部下がやりますか?」

今度はオリバスが返事のまえに黙りこんだ。この事件とは関係のないなにかを推し量っているようだった。

「ロッカーのものと思われる鍵を持っています」バラードは言った。「救急隊員がわたしに寄越したんです」

それは事実を相当拡大解釈していたが、バラードは警部補に鍵の入手方法を知られたくなかった。

「わかった、きみが担当しろ」ようやくオリバスは言った。「うちの部下たちはほかのところで手一杯だ。だが、図に乗るなよ、バラード。彼女は重要ではない被害者だ。巻き添え被害だ――たまたま運悪く間違った場所にいた。近親者への通知をやって、うちの部下たちの時間を節約してくれてもいいぞ。ただ、わたしの邪魔をするな」

「わかりました」

「それから午前中に報告書をわたしの机に届けてもらいたいのに変更はない」

オリバスはバラードが返事をするまえに電話を切った。バラードは携帯電話を耳に押し当てたまま、シンディ・ハデルが巻き添え被害者であり、運悪く間違った場所にいたとオリバスが言ったことについて考えていた。それがどういうものなのか、バラードは知っていた。

バラードは携帯電話を仕舞った。

「で？」ジェンキンズが訊く。

「隣の店へいき、彼女のロッカーを調べ、身元を証明するものを見つける必要がある」バラードは言った。「オリバスは、近親者への通知もわたしたちに任せた」

「ああ、クソ」

「心配しないで。わたしがやるから」

「いや、そういうふうにはならない。きみが志願すれば、おれにも志願させたことになるんだ」

「わたしが近親者への通知を志願したわけじゃない。電話を聞いていたでしょ」

「きみは巻きこまれることを志願したんだ。もちろん、あいつはきみにその腐れ仕事を渡すつもりだった」

バラードは議論をはじめたくなかった。背を向け、石のテーブルについている人々を確認し、カットオフ・ジーンズとタンクトップ姿の若いふたりの女性を目にした。ひとりのシャツが白で、もうひとりのシャツが黒だった。バラードはふたりに近づき、バッジを示した。白いタンクトップが、バラードの話すまえに口をひらいた。

「あたしたちはなにも見てないよ」彼女は言った。

「それは聞いた」バラードは言った。「シンディ・ハデルについて訊きたいの。どちらか彼女のことを知ってる？」

　白いタンクトップは肩をすくめた。

「うん、まあ、いっしょに働いてたから」黒いタンクトップが口をひらいた。「いい子だったよ。助かったの？」

　バラードが首を横に振ると、ウェイトレスはふたりとも同時に両手を口元に持っていった。まるでおなじ脳からインパルスを受け取ったかのように。

「ああ、神さま」白いタンクトップが言った。

「あなたたちどちらか彼女のことでなにか知らない？」バラードは訊いた。「既婚？　ボーイフレンドはいる？　ルームメイトは？　その手のことでなにかない？」

　どちらも知らなかった。

「クラブには従業員用ロッカールームがある？　彼女が財布や携帯電話を仕舞っておけるようなところが？」バラードは訊いた。

「厨房《ちゅうぼう》にロッカーがあるよ」白いタンクトップが答えた。「そこにあたしたちは荷物を入れているんだ」

「わかった」バラードは言った。「ありがとう。あなたたち三人は、発砲がはじまるまえ、今夜なにか会話を交わした？」

「ウェイトレスのあいだでよくある話だけ」黒いタンクトップが言った。「ほら、だれがチップをくれて、だれがくれないかとか。だれがいい男かとか——いつもの話題」

「今夜特に気になった人はいた？」バラードは訊いた。

「特にはいなかったな」黒いタンクトップが答えた。

「あの子は得意げだったよ。だれかから五十ドルもらったって」白いタンクトップが言った。「発砲がはじまったあのブースにいただれかからもらったんだと思う」

「どうしてそう思うの？」バラードは訊いた。

「だって、あのテーブルはあの子の担当だし、あいつらは遊び人に見えたから」

「つまり、目立ちたがり屋ってこと？　金を持っている連中に見えた？」

「うん、遊び人」

「わかった。ほかになにかない？」

ふたりのウェイトレスははじめてお互いに顔を見合わせてから、バラードに視線を戻した。ふたりは首を横に振った。

バラードはふたりの元を離れ、パートナーのところに戻った。

「わたしは隣の店へいく」

「迷うなよ」ジェンキンズは言った。「ここの子守が済んだらすぐに近親者への通知に向かい、報告書を書きはじめたい。おれたちの仕事は済んだ」

つまり、シフトの残りは書類仕事に捧《ささ》げられるという意味だった。

「了解」バラードは言った。

バラードは石のベンチに座っているジェンキンズをその場に残した。〈ダンサーズ〉の入り口に向かいながら、オリバス警部補の関心を惹かずに厨房にたどり着けるだろうか、と考えていた。

4

〈ダンサーズ〉の内部は、刑事や技師、カメラマン、ビデオカメラマンたちでごった返していた。バラードは、ロス市警建築物班の女性担当員が全方位カメラを設置しているのを見かけた。すべての証拠に印がつけられ、捜査員と技師たちがうしろに下がったあとで、事件現場全体の高密度３Ｄ映像を録画するのだ。その録画から法廷での証拠として利用するための事件現場の模型も作ることができた。金のかかる手配であり、警察官発砲事件の捜査以外でそれが現場に導入されているのをバラードが目にしたのははじめてだった。少なくともこの時点で、本件に惜しみなく予算が投じられているのは明らかだった。

クラブにいる殺人事件特捜班の刑事は九人を数えた。全員、バラードの知り合いであり、なかには嫌いではない人間も数人いた。それぞれが事件現場捜査の割り当て仕事を持ち、オリバス警部補の油断ならぬ目と指示のもと、クラブ内を動きまわっていた。黄色い証拠指摘のプラカードが床のいたるところに置かれ、薬莢《やっきょう》や割れたマティーニグラスやほかのゴミを印《しる》していた。

シンシア・ハデルを除く被害者全員が、検屍解剖のため運ばれるまえに、検屍局チームによって写真とビデオに撮られ、調べられるため、死亡したその場に置かれていた。検屍局長ジャヤラリター・パンニールセルヴァム自身が現場にいた。それ自体まれなことであり、この大量殺人事件捜査が持つ重要性を強調していた。ドクターJの名で知られている検屍局長は、カメラマンのうしろに立って、撮影してほしいショットを指示していた。

クラブは黒い壁に囲まれ二層になっている大きなスペースだった。下の階の黒壁に沿ってバー・カウンターがあった。下層階には、椰子《やし》の木と黒い革張りのブースに囲まれたダンス・フロアもあった。白い照明をぶら下げた椰子の木は、二階分の高さがあるガラスの吹き抜け天井まで伸びていた。バー・カウンターの左右にメインフロアから六段あがる袖フロアがあり、さらなるブースが並び、比較的小さなバーも備わっていた。

メインフロアのひとつのブースに三人の死体があった。四つ葉のクローバーの形に配置されている四つのブースのひとつだ。死んだ男のうちふたりはまだ席に座っていた。左側の黒人男性は首をうしろにのけぞらせていた。その隣にいる白人男性はまるで酔っ払って眠りこけているかのように黒人男性に心持ち寄りかかっていた。三番目の男は横に倒れ、頭と肩がブースの範囲からこぼれて通路に達していた。三人目は白人で、白髪まじりの髪をポニーテールに結わえており、それが床の血だまりに浸《つ》かっていた。

四番目の死体は、六メートル離れた、四つ葉のクローバー形に配されたブースのあいだの通路にあった。とても大柄な黒人男性で、床にうつぶせに倒れ、両手を体側につけ、手の甲を床のタイルに向けた格好だった。右腰のベルトに空になったスタンガン《テーザー》のホルスターがあった。すぐそばのテーブルの下に黄色いプラスチック製のスタンガンが落ちているのが見えた。

四番目の死体からさらに三メートル進んだところに血だまりのあとがあり、証拠マーカーと、シンシア・ハデルの命を救おうとした救急隊員たちが残していった救命用具の残存物に囲まれていた。床に転がった物のなかにステンレススチール製の丸いカクテル・トレイがあった。

バラードは上の層に通じる階段をのぼり、振り返ると、下を向き、事件現場をよりよく見える位置から見た。マンロー警部補は、発砲がひとつのブースで発生したと言っていた。それを起点とすると、基本的になにが起こったのか突き止めるのは容易だった。三人の男性は座っているところを撃たれた。発砲犯は自分の銃で狙いを定め、腕を水平に移動させ、効率的にひとりずつ撃っていった。そののち、ブースを出て、個々のブースをわけている通路を抜けた。それによって用心棒と正面衝突するコースをたどることになった。用心棒はテーザーを抜いて、問題に向かって移動しているところだった。用心棒は撃たれ、即死した可能性がきわめて高く、顔から先に床に倒れた。

用心棒のうしろにウェイトレスのシンシア・ハデルがいた。

シンシアが凍りつき、殺人犯が自分に近づいてくるのに動けなくなっているところをバラードは想像した。ひょっとしたらカクテル・トレイを盾のように持ち上げようとしていたかもしれない。殺人犯は移動していたが、シンシアの胸のど真ん中に銃弾を送りこむことはできた。発砲犯がシンシアを撃ったのは、たんに行く手をさえぎったからだろうか、それともシンシアに身元を確認されるかもしれないからだろうか、とバラードは思った。どちらであれ、冷酷な選択だった。そのことはこの事件を起こした男に関してなにかを伝えていた。バラードは、ラモナ・ラモネに暴行を加えた人物に関してジェンキンズに言ったことを思い返した。邪悪極まりない人間。この事件の発砲犯の血には同種の酷薄な悪意が流れているのは、まちがいない。

ケン・チャスティン刑事がバラードの視界に入った。一方の腕に法律用箋をはさんだ革フォルダーを抱え、反対の手にペンを持っていた。事件現場でチャスティンがいつもしている格好だ。身を屈《かが》め、ブースから体半分はみ出している死んだ男を見て、メモを取りはじめている。バラードが上の階にいて見下ろしているのに気づいていない。チャスティンはげっそり痩せているようにバラードには思えた。それが内側から本人を食《は》んでいる疚《やま》しさのせいであればいいとバラードは願った。五年近く、ふたりは殺人事件特捜班でパートナーを組んでいたが、チャスティンはバラードがオリバスに対する告発をおこなったとき、彼女を支持しないことを選択し、パートナー関係が解消された。警部補の行為をチャスティンが裏付けず――チャスティンは直接目撃していたというのに――事件は存在しなくなった。内務監査課は、告発が事実無根という結論を下した。オリバスは職を失わず、バラードはハリウッド分署に異動になった。ハリウッド分署のトップである警部は、オリバスのアカデミー時代の同期であり、バラードを深夜勤務帯につけ、ジェンキンズと組ませた。レイトショー担当に。一巻の終わり。

バラードは元のパートナーに背を向け、クラブの天井とその四隅を見た。監視カメラと、発砲場面がビデオに録画されているかどうかに興味があった。クラブ内と表の通りのビデオ映像を入手するのが捜査の優先事項になるだろう。だが、明白な形の監視カメラは見あたらなかった。また、ハリウッドの多くのクラブでは監視カメラを設置していないのを知っていた。常連たち、とりわけ著名人が、自分たちの夜の行動を記録されるのを望んでいないからだ。ゴシップサイトのＴＭＺやインターネット上のどこかに動画が掲載されるのは、高級クラブにとって破産の処方箋になっていた。クラブは著名人を必要としていた。彼らが金を払ってくれる客を引き寄せるからだ。店の外のビロードのロープに沿って並んでくれる連中を。もし著名人が店に来なくなりだせば、金を払ってくれる客も結局来なくなるだろう。

階段の上にいると目立つのを意識して、バラードは下の階に戻り、鑑識班の備品テーブルを探した。テーブルは反対側の階段のそばの人目につかないところにあった。バラードはそこにいって、ディスペンサーから証拠保管用のビニール袋を二枚抜き取り、メイン・バー・カウンターへ向かった。そこの右手にある両開きのドアが厨房へ通じているものと思われた。

厨房は狭くて、無人だった。バラードはガスコンロのいくつかにまだ火が点いているのに気づいた。〈ダンサーズ〉は料理で知られている店ではなかった。グリルで焼かれたり、深底の揚げ鍋で揚げられたりした基本的なバー料理が出る店だった。バラードは磨き立てられたステンレススチール製料理準備台の奥にまわり、ガスを消した。それから元にもどると、クラブに入るまえに靴にかぶせた紙製の靴カバーが油のこびりついた場所を踏んで、足を滑らせそうになった。

厨房の奥の角に、ひきこみになった場所を見つけ、そこには片側の壁側に造りつけではない小型ロッカーのラック、もうひとつの壁側に二脚の椅子がついた休憩用テーブルが置かれていた。〝禁煙〟の注意書きが貼られているすぐ下にあるテーブルには、煙草の吸い殻がてんこ盛りになった灰皿が載っていた。

バラードは運がよかった。それぞれのロッカー所有者の名前が書かれた紙片が個々のロッカーに張り付けられていた。〝シンディ〟はなかったが、〝シンダーズ〟と記されたロッカーが見つかり、それがシンシア・ハデルのものだと推測し、五番目の犠牲者の遺体から入手した鍵でロッカーの錠がひらいたことでそれは確認された。

ロッカーには、小型のケイト・スペードのハンドバッグや薄手のジャケット、煙草一箱、マニラ封筒一通が入っていた。バラードはロッカーからなにかを取りだし、吟味するまえに手袋をはめた。ロッカーの中身は証拠ではなく、所持品として保管される可能性が大だとわかっていたが、捜査の方向に影響を与えるかもしれないなにかに出くわす場合に備えて、調べてみるのはいい対処法だった。

ハンドバッグには財布が入っており、そこにはシンシア・ハデルの名前と、年齢が二十三歳であることを確認できる運転免許証があった。免許証に記された住所は、ラブレア・アヴェニューにある共同住宅あるいはコンドミニアムのものだった。シンシアはクラブから徒歩二十分以内のところに住んでいた。財布には現金三百八十三ドルが入っていて、バラードにはずいぶん多いように思えた。加えて、財布にはウェルズ・ファーゴ銀行のデビットカードとＶＩＳＡのクレジットカードが入っていた。車のキーには見えない二本の鍵がついているリングが一本あった。アパートの鍵のように見える。ハンドバッグには携帯電話も入っていた。電源が入っていたが、中身は指紋認証で保護されていた。この携帯電話にアクセスするにはハデルの親指の指紋が必要だった。

マニラ封筒をあけたところ、ハデルがほほ笑んで人を魅了する表情を浮かべた六切サイズの上半身写真の束が入っているのを見た。写真のいちばん下に記されている名前は、シンダーズ・ヘイデンだった。いちばん上の写真を裏返したところ、ハデル／ヘイデンの簡単な経歴と映画やＴＶでの出演歴が記されていた。いずれもマイナーな登場人物で、名前すらない役柄が大半だった。「バーの若い女」というのがもっとも頻繁に演じていた役柄のようだ。その役柄で〈BOSCH／ボッシュ〉というTVドラマに出演していた。以前に本部の強盗殺人課とハリウッド分署の刑事部に勤務し、いまは引退しているロス市警刑事の挙げた手柄に基づいて作られたドラマだとバラードは知っていた。ドラマ撮影はときどきハリウッド分署でおこなわれ、Wホテルでの去年の分署のクリスマス・パーティーの費用を賄ってくれた。

経歴箇所では、ハデル／ヘイデンは、ロサンジェルスの北、セントラル・ヴァレーのモデストで生まれ育ったと書かれていた。地元の舞台での評価や、演技指導者、制作側にとって興味を抱いてもらうのに役立つかもしれないさまざまな技能が記されている。そこにはローラーブレード・スケーティングやヨガ、体操、乗馬、サーフィン、フランス語堪能《たんのう》、バーテン技術、ウェイトレス技術などが含まれていた。部分的な肌の露出が必要な役柄も出演可能という文言も入っていた。

バラードは写真を表に返すと、ハデルの顔をじっくり見た。〈ダンサーズ〉での仕事がハデルの野心のありかでないのは明白だった。業界の人間かと訊ね、手を差しのべてくれるかもしれない客に出会う場合に備えて、ロッカーに宣材写真を置いていたのだ。ハリウッド最古の口説き手段のひとつではあったが、相手が大きな夢を持つ若い女性だとつねにうまくいった。

「モデストか」バラードは口に出して言った。

ロッカーから最後に取りだしたのはマルボロ・ライトのパックだった。バラードはすぐにそれが煙草しか入っていないとすれば重すぎるとわかった。上の部分をあけてみると、片側に煙草が詰めこまれ、反対側は小型のガラス壜《びん》が入っていた。ガラス壜を引っ張りだすと、小さなハートの印が刻印されている白っぽい黄色の錠剤が半分ほど入っていた。

モーリーだな、とバラードは推測した。近年、クラブ客のあいだで流行《はや》っているドラッグとして、エクスタシーに取って代わった合成麻薬だ。ハデルはモーリーをクラブで捌《さば》くことで収入の補塡をしていたかもしれない、とバラードには思えた。店の運営サイドが知っていて、許可を与えていたかどうかにかかわらず。バラードはこのことを報告書に含めるつもりだった。それが今夜発生した大量殺人事件となんらかの関係があるかどうかを判断するのは、オリバスと彼の部下たちの仕事になるだろう。この周辺情報が直接関係あるものになりうるという可能性はつねにあった。

バラードは、鍵のリングを除いて、ロッカーの中身を証拠袋に入れ、ふたたび施錠した。錠から抜いた鍵を証拠袋に入れ、封印して、そこに署名した。そののち厨房を離れ、クラブのメインフロアに戻った。

チャスティンがブースから半分はみ出てぶら下がっている死体のまえにまだうずくまっていた。だが、いまはドクターJが加わっており、死んだ男がよりよく見えるようチャスティンの右肩越しに腰をかがめていた。左肩越しにオリバスがじっと目を凝らしていた。チャスティンがなにか特徴のあるものを見つけたか、気づいたかだとバラードにはわかった。バラードを裏切ったものの、チャスティンは優れた刑事だった。強盗殺人課でタッグを組んでいた数年間でふたりは数多くの事件を解決した。チャスティンは任務中に殉職したロス市警刑事の息子で、バッジに黒い喪章をつねに巻いていた。まごうことなく彼はクローザー、事件を解決する者だった。そして班のなかで警部補の右腕の名にふさわしかった。唯一の問題は、事件捜査を離れた場合、チャスティンの倫理コンパスがかならずしも真北を指すとはかぎらないことだった。正しかろうが間違っていようが、彼は政治的および役人的な都合に基づいて選択をおこなうのだ。バラードはそれを痛い目に遭《たた》って学んだ。

ドクターJは、チャスティンの肩を叩き、彼をどかせて、死体をもっと近いところで調べられるようにした。ふたりが位置を変えると、ブースからはみ出ている死んだ男の姿がバラードからよく見えた。眉間に一ヵ所、綺麗《きれい》な銃創があった。即死して、右側に倒れたのだ。シャツがはだけていて、体毛のない胸があらわになっていた。バラードから見えるかぎりでは、ふたつ目の銃創がある様子はなかったが、検屍官は手袋をはめた手でシャツを大きく広げて、その箇所をじっくり眺めていた。

「レネイ」

じかに捜査をおこなっている円の外にバラードが立っていることにチャステインが気づいた。

「ケン」

「ここでなにをしているんだ？」

それは非難口調ではなく、驚いている口調だった。

「五番目の被害者に病院で会った」バラードは答えた。「元々その病院にわたしがいたので」

チャステインは自分のタブレット端末を見た。

「シンシア・ハデル。ウェイトレス」彼は言った。「到着時死亡」

バラードはハデルの所持品を収めた証拠袋を掲げ持った。

「そのとおり」バラードは言った。「彼女のロッカーを浚《さら》えた。この事件で彼女はあまり重要な存在ではないとあなたが考えているのはわかるけど――」

「そうだ、ありがとう、バラード刑事」

そう言ったのはブースから振り返ったオリバスだった。その言葉でチャステインの回答をさえぎる。

オリバスはバラードのほうへ向かってきた。バラードは近づいてくるオリバスをひるまずに見つめた。二年まえ、オリバスに対する告発を申し立てて以来、本人と直接、顔を合わせるのはこれがはじめてだった。オリバスの骨張った顔つきを見ると、恐怖と怒りがないまぜになったものをバラードは感じた。

チャステインは、おそらくなにがやってくるのか悟ったのだろう、ふたりから一歩退き、背を向けると、自分の仕事に専念した。

「警部補」バラードは言った。

「レイトショーの具合はどうだ？」オリバスが訊いた。

「上々です」

「ジャーキンズはどうだ？」

「ジェンキンズは元気です」

「なぜあいつがそんなふうに呼ばれているのか、知っているだろ？　ジャーキンズと」

「わたしは……」

バラードは言い終わらなかった。オリバスはあごを引き、三センチほどバラードに近づいた。バラードにはそれが三十センチにも思えた。オリバスはバラードにしか聞こえないよう声を低めて言った。

「レイトショー」と、オリバス。「そこはぼんくらども《ジャークオフ》を押しこめておく場所だ」

オリバスはバラードから一歩下がった。

「きみにはきみの割り当て仕事があるんじゃないか、バラード刑事？」オリバスは通常の声に戻して訊いた。

「はい」バラードは言った。「家族に通知をおこないます」

「では、それにいきたまえ。わたしの事件現場を掻き回《かまわ》してもらいたくない」

肩越しにこの退去勧告を見ているドクターＪの姿がバラードの目に入ったが、ドクターＪは背中を向けた。なんらかの共感の反応を期待してチャステインに視線を向けたのだが、彼は仕事に戻っており、床にうずくまり、手袋をはめた手で黒いボタンのように見えるものを証拠保管用の小さなビニール袋に入れているところだった。

バラードはオリバスに背を向け、羞恥の思いで頰を染めながら出入り口へ向かった。

5

ジェンキンズはまだ隣の敷地《しきち》で目撃証人たちといっしょにいた。バラードが近づいていくと、ジェンキンズは指をひらいて両手を掲げ、証人たちを押しとどめようとしているかのようにふるまっていた。クラブの常連客のひとりがいらだたしさをこめた甲高い声で言った。

「なあ、あしたの朝、仕事があるんだ」常連客は言った。「一晩じゅうここに座ってなんていられない。なんたって、おれはなにひとつ見ていないんだから！」

「それはわかっています」ジェンキンズは答えた。いつもの控えめな口調から一、二段高い声になっていた。「可能なかぎりすぐみなさん全員から供述を取ります。五人が亡くなったんです。それをお考えください」

いらだった男は手を払う仕草をすると、ベンチに戻った。別のだれかが、声を荒らげて叫んだ。「おれたちをいつまでもここに縛りつけているわけにはいかんぞ！」

ジェンキンズは返事をしなかったが、実務上、有力な目撃証人と容疑者の可能性のある者を捜査員たちが仕分けするまで、クラブ客全員を拘束しておくことができた。ここにいる連中のだれも容疑者ではないと常識が告げているため、説得力を持たない考え方だったが、有効であるのは確かだった。

「だいじょうぶ？」バラードが訊いた。

ジェンキンズは、まるで飛びかかられそうになっているかのように振り向いたが、声をかけてきたのが自分のパートナーであることに気づいた。

「どうにか」ジェンキンズは言った。「連中を非難しちゃいないよ。彼らは長い夜を迎えることになる。護送バスが迎えにやってくる。バスの窓に鉄格子がはまっているのを目にしたら驚くぞ。そしたら本気で激怒するだろう」

「ここに留まってそれを見ずにすむのが嬉《うれ》しいな」

「どこへいくんだ？」

バラードはシンシア・ハデルの所持品を収めた証拠袋を掲げた。

「病院へ戻らないと。彼女の所持品がさらに見つかったんですって。二十分で戻ってくる。それから近親者への通知をやりましょう。そのあと書類作業以外は、お役御免になる」

「近親者への通知は、この獣たちを扱うのに比べれば、そよ風みたいなもんだ。連中の半分はヤクの高揚感が切れかかっているだろう。全員がダウンタウンの本部に連れていかれたら、もっとひどいことになるだろう」

「でもそれはわたしたちの問題じゃない。すぐに戻るね」

バラードは病院へ戻るほんとうの理由をパートナーに告げなかった。真の計画を彼が認めないだろうとわかっていたからだ。バラードは車へ戻ろうと背を向けたところ、ジェンキンズに呼び止められた。

「なあ、パートナー」

「なに？」

「もう手袋を外してもいいぞ」

ジェンキンズはバラードが事件現場用手袋をまだはめているのに気づいていた。バラードはまるではじめて手袋に気がついたかのように片手を掲げた。

「ほんとだ」バラードは言った。「ゴミ箱を見つけたらすぐに処分する」

車にたどり着くと、バラードは手袋をはめたまま、シンシア・ハデルのチップ用エプロンを入れたのとおなじ段ボール箱に彼女の所持品を収めた。だが、まず、ハデルの携帯電話を抜き取り、自分のポケットに滑りこませた。

十分後にハリウッド長老派病院に戻った。〈ダンサーズ〉での発砲事件と多数の犠牲者が検屍局の作業を遅らせており、ハデルの遺体はまだ引き取られてはいないだろうとバラードは踏んでいた。ERに戻り、検屍局への移送を待っているシーツを被せられた遺体が二体置かれた部屋に案内されたとき、想定どおりだと確認できた。ハデルの蘇生措置を担当した医師に話を聞けるだろうか、とバラードは付き添ってくれた看護師に訊ねた。

バラードは手袋をはめたままだった。遺体のひとつに被されているシーツをめくったところ、痩せ衰えて体重五十キロもない若い男の顔が見えた。すぐにその顔を覆い直し、もうひとつのストレッチャーに向かった。そこに載せられているのがハデルであることを確かめると、ストレッチャーの横にまわりこみ、被害者の右手のところへいった。携帯電話を取りだすと、亡くなった女性の右手親指の腹を携帯画面のホーム・ボタンに押しつけた。

携帯電話はロックがかかったままだった。バラードは人指し指で試してみたが、おなじように携帯電話はひらかなかった。ストレッチャーの反対側にまわりこみ、左手の親指でおなじ過程を試みた。今度は携帯電話のロックが外れ、バラードは携帯電話の中身にアクセスできるようになった。

画面を操作するため、手袋の片方を外さねばならなかった。この携帯電話は、被害者の所持品であり、証拠ではなく、遺留指紋を採取するため分析されることはけっしてなさそうなことからバラードは指紋を残すのを気にしなかった。

自分でもiPhoneを持っているので、画面をアクティブな状態にしておかないと、この電話はすぐロックがかかり直すのをバラードはわかっていた。GPSアプリを起動させ、以前の目的地をスクロールして調べた。パサディナの住所が一件あり、バラードはその住所をクリックして、経路を定め、ナビ開始をクリックした。バラードがアプリの指示を無視して、自分なりのルートをたどったとしても、画面はアクティブなままになる。携帯電話がロックされることはなく、病院を離れたあともバラードは電話の中身にアクセスできるはずだ。バッテリー残量を確認し、六十パーセントであるのを見て取る。それだけ残っていれば、この携帯電話の中身を調べるのに充分すぎるほどの時間があるだろう。パサディナへのルートをたどらないときにGPSアプリが音声で進路修正を告げないよう携帯電話のボリュームをオフにした。

バラードが遺体にシーツを被せ直していると、ドアがあき、ERの医師のひとりが顔を覗《のぞ》かせた。

「ぼくに用があると聞いたんだが」医師が言った。「きみはここでなにをしているのかな？」

バラードはエレベーターに乗ってオペ室へのぼっていく際に耳にした声だと思いだした。

「指紋を採取する必要があったの」バラードは携帯を掲げて、さらに説明を加えたつもりになった。「でも、あなたにお訊きしたかったのは、別の患者のこと。あなたがグチエレスの処置も担当していたのを見た――頭蓋骨骨折した別の患者のこと。その患者の具合はどう？」

バラードは意図的にグチエレスの性別に触れないようにした。外科医はそうではなかった。彼は解剖学的な意味で答えた。

「手術をおこない、彼はまだ恢復《かいふく》途上にある」医師は言った。「昏睡状態に置いており、今後は持久戦になる。腫れが引くのが早ければ早いほど、恢復する可能性が高くなる」

バラードはうなずいた。

「わかった、ありがとう」バラードは言った。「あした、確認に戻ってくる。ひょっとして、レイプ・キット用に拭き取り採取をおこなってくれた？」

「刑事さん、われわれの優先事項は被害者を生かしておくことだった」医師は言った。「それ以外のすべてはあとで対応可能だ」

「そうでもないけど。でも、事情はわかる」

医師は戸口を離れようとしたが、バラードは室内のもう一台のストレッチャーを指し示した。

「そっちの事情は？」バラードは訊いた。「癌？」

「万病だな」医師は言った。「癌やＨＩＶ、多臓器不全」

「なぜダウンタウンに運ぶの？」

「自殺なんだ。自分に繋がっていた管を引っこ抜き、機械を停めた。警察は自殺だと確認しないといけないんだろう」

「そうだね」

「もういかないと」

医師は戸口から姿を消し、バラードはもう一台のストレッチャーを見ながら、なけなしの力を振り絞って管を引っこ抜いた男について考えた。その行為になにがしかの英雄的なものがあるように思えた。

車のなかでバラードはシンシア・ハデルの携帯電話のＧＰＳ画面を退けて、「よく使う項目」のリストをひらいた。最初に出てきたのは「実家」と記されており、バラードはその電話番号を見た。市外局番２０９であり、ハデルが育った故郷、モデストの番号だろう、とバラードは推測した。ほかに四つ「よく使う項目」が並んでおり、いずれもファーストネームだけ記されていた――ジル、カーラ、レオン、ジョン。いずれもロサンジェルスの市外局番だった。もし「実家」と記された番号がうまくいかなくとも、ハデルの両親にたどりつくだけの充分な番号を手に入れたとバラードは判断する。

次にバラードはショートメッセージ・アプリを起《た》ち上げ、中身を確認した。最近のやりとりが二件入っていた。ひとつはカーラ宛だ。

シンディ　たったいまマティーニを一回届けて五十ドルのチップを手に入れたのは、だれだと思う？

カーラ　やったじゃん。

ハデルはニコニコ顔の絵文字を返していた。そのまえのショートメッセージは、よく使う項目に入っていない人間からの質問だった。

DP　どれだけある？
シンディ　充分ある。たぶんあした
DP　連絡しろ

それ以前のメッセージはなかった。ということは、DPは新しい知り合いか、あるいは以前のやりとりが削除されていることを示している。アプリ上にはいくつかほかのショートメッセージが残っていたが、ほかのショートメッセージのいずれもハデルが出勤してからの数時間のあいだにアクティブになっているものはなかった。バラードは、カーラがハデルの親友であり、DPが麻薬売人である可能性が高いとみなした。次に電子メールのログに移り、受信したメッセージはほぼ一般的な通知とスパムだと気づいた。ハデルは電子メールに関しては、あまり利用していなかったようだ。ハデルのTwitterアカウントも予想どおりだった。おおぜいの芸能人をフォローしていた。おもに音楽関係者を。〈ダンサーズ〉自体の公式アカウントや、犯罪の注意喚起をツイートしているロス市警ハリウッド分署のアカウント、元大統領候補者のバーニー・サンダーズもフォローしていた。

最後にバラードがひらいたアプリは、携帯電話の写真アーカイブだった。六百六十二枚の写真がある、と出ていた。バラードは、親指で最新の写真をめくっていき、ハデルが友人たちと活動したり、ワークアウトをしたり、ビーチにいたりするところや、女優としての仕事を見つけた現場で役者仲間やスタッフとともに写っている写真など、数多くの写真を目にした。

バラード自身の携帯電話が鳴り、画面にジェンキンズの顔が現れた。バラードは質問でその電話に応えた。

「バスはそっちに到着した？」

「いま出たところだ。おれをここから連れだしてくれ」

「すぐに向かう」

バラードはハデルの携帯電話画面がアクティブなままになるようGPSアプリ上でパサディナへのナビを再開させ、〈ダンサーズ〉に向かった。ジェンキンズを拾い上げてから、ふたりはシンシア・ハデルの運転免許証に記されたラブレア・アヴェニューの住所に車を走らせた。近親者への通知過程の第一段階は、被害者の自宅へ向かい、その住まいを共有している夫もしくはほかの近親者がいるかどうか確認することだ。

そこはメルローズ・アヴェニューの半ブロック北、比較的若い人々に人気の高い店やレストランが集まっている地域にある最近建てられた共同住宅ビルだった。一階の通りに面した側にラーメン店とセルフピザ屋が入っており、両店のまんなかに建物へのエントランスがあった。

ハデルの免許証には、彼女の住戸が4Bであると記されていた。バラードはロッカーから持ってきた鍵束についている鍵の一本を使って、防犯ドアを通り抜け、エレベーター・ロビーに入った。バラードとジェンキンズは四階にあがっていき、4Bの部屋が建物の奥へと通じている廊下の突き当たりにあるのを知った。

バラードは二度ノックをしたが、応答はなかった。だからといって、ほかの居住者がいないとはかぎらない。バラードは経験から、だれかがまだ室内で寝ている可能性がある、と知っていた。二番目の鍵を使って、ドアをあけた。法律上、捜索令状を取得すべきだったが、刑事たちはふたりとも、仮にあとで問題になろうとも、緊急事態だったと主張できるとわかっていた。五人が死んでおり、容疑者はおらず、動機もわかっていなかった。被害者のルームメイトがいたとして、その無事を確認する必要があった。たとえ被害者が事件の本筋にほとんど関係がないと思われていたとしても。

「ロス市警です！　だれかいませんか？」バラードは声を張り上げながら、室内に入った。

「警察だ！」ジェンキンズが付け加えた。「いまから入っていくぞ」

バラードは腰のホルスターに手を置きながら、なかへ入ったが、銃は抜かなかった。短い入り口の廊下の先にあるリビングには、ひとつだけ照明があった。バラードは右手の小型キッチンを目で確認してから、住戸の奥へと通じている別の廊下へ向かった。廊下の先はバスルームとシングルサイズの寝室だった。両方の部屋のドアはあけはなたれており、バラードはすばやく照明のスイッチを入れ、それぞれの部屋に目を走らせた。

「クリア」バラードはほかに居住者がいないことを確認して、声を上げた。

リビングへ戻ると、ジェンキンズが待っていた。

「独り暮らしだったみたいね」バラードは言った。

「そうだな」ジェンキンズは言った。「なんの役にも立たない」

バラードはあたりを見まわしはじめ、狭い共同住宅の個人的な細部へ関心を向けた――小さな置物、棚の写真、コーヒーテーブルに残された請求書の束。

「バーのウェイトレスにしては、とてもいい住まいだ」ジェンキンズは言った。「この建物は建ってから一年も経っていない」

「彼女はクラブでドラッグを売っていたの」バラードは言った。「ロッカーのなかに隠してあるブツを見つけた。ここのどこかにもっとあるかもしれない」

「それでいろいろ説明できるな」

「ごめんなさい。言うのを忘れてた」

バラードはキッチンに入り、冷蔵庫にさまざまな写真が貼られているのを見た。大半が、シンシアの電話に入っていた写真とおなじだった——友人とのお出かけ。何枚かはハワイ旅行の写真だった。ハデルが初心者用サーフボードに乗ってサーフィンをしたり、火山のクレーターを馬に乗って通っていたりしていた。バラードは写真の背景にハレアカラ山の輪郭が見えるのに気づき、そこがマウイ島だとわかった。バラードは何年もその島で過ごして大きくなっており、地平線上に見える火山の姿は日常の一部だった。ロサンジェルスの住民がハリウッド・サインの並びに見覚えがあるように、ハレアカラ山の形に見覚えがあった。

冷蔵庫へ比較的最近貼られた写真のせいで部分的に見えなくなっている写真が一枚あったが、そこにハデルとおなじあごの形をした五十がらみの女性が写っているのが見えた。バラードが慎重にその写真を剝がしたところ、感謝祭を祝う席で一組の男女のあいだにいるシンシア・ハデルの姿を見た。調理済みの七面鳥が丸ごと写っていた。ハデルと両親の写真である可能性がきわめて高い。ふたりの男女の顔とのあいだに遺伝による類似が明確に現れていた。

ジェンキンズがキッチンに入ってきて、バラードが手にしている写真を見た。

「きみがやるか？」ジェンキンズは訊いた。「けりをつけるか？」

「やってもいいかな」バラードは言った。

「どういうやり方にしたい？」

「わたしから単純に連絡する」

ジェンキンズが言っているのは、この場にある選択肢のことだった。愛する者が殺されたのを電話で知るのは、きついことだった。バラードは、モデスト市警に電話を入れ、被害者家族と直接会って通知をおこなうよう頼めた。だが、そっちの方法を取ると、近親者への通知の過程から外れてしまい、被害者について、そして容疑者の可能性のある人物について、じかに情報を得る機会を失ってしまうだろう。警察官としてのキャリアのなかで、近親者への通知をおこなったときに捜査に重要な手がかりを得たことが一度ならずあった。シンシア・ハデルの場合、そういうことはありそうになかった。というのも、おそらくハデルは大勢の被害者を出した発砲事件の動機の中心にいるわけではないだろうから。オリバスが言ったように、ハデルは巻き添え被害者だった。起こった出来事における脇役だ。ゆえにジェンキンズが口にしたのはもっともな質問だったが、バラードは、もし自分が電話をかけなければあとで疚しさを覚えるだろうとわかっていた。殺人事件担当刑事の聖なる責任を回避した、と感じてしまうだろう。

バラードはハデルの携帯電話を取りだした。GPSプログラムは、まだ画面をアクティブな状態に保っていた。実家の電話番号を手に入れるために「よく使う項目」を呼びだした。呼びだし音につづいて、録音音声での挨拶があり、ハデルの実家にかかっていることが確認できた。バラードは、みずからの正体を明らかにし、自分の携帯電話番号へ折り返し電話をかけてほしいという伝言を残した。緊急事態です、と付け加えて。

真夜中に非通知の電話がかかってきて、その電話に出ないのは、珍しいことではなかったが、いま残した伝言ですぐに折り返しの電話がかかってくるのをバラードは願った。冷蔵庫へ一歩近づき、もう一度写真を眺めながら、待つ。モデストで育ち、南の大都市へ向かったシンシアについて、つらつら思う。大都市でシンシアは、部分的に裸体になる役柄をオーケイし、収入を補うためにハリウッドの業界関係者にドラッグを売っていた。

五分が経過し、折り返しの電話はかかってこなかった。ジェンキンズは行ったり来たりを繰り返し、バラードはパートナーが動きつづけたいと思っているのだとわかった。

「警官に連絡して、先方へ向かわせようか？」ジェンキンズが訊いた。

「いえ、そんなことをすれば朝までかかるかもしれない」バラードは言った。

すると電話が鳴りはじめたが、それはバラードの携帯電話ではなかった。シンシアの携帯電話が、実家の番号からかかってきているのを示していた。たったいま残した伝言を両親が受け取り、まず本人の無事を確認しようと娘に電話をするほうを選んだのだろう。

「両親からだ」バラードはジェンキンズに言った。

バラードは電話に出た。

「こちらはロサンジェルス市警察のバラード刑事です。いまかけてこられたのはどなたですか？」

「いえ、わたしはシンディにかけたの。そちらでなにが起こっているんです？」

絶望と恐怖ですでに胸が塞がりかけている女性の声がした。

「ミセス・ハデル？」

「ええ、どちらさま？　シンディはどこにいるの？」

「ミセス・ハデル、ご主人はそばにおられますか？」

「話してちょうだい、あの子は無事なの？」

バラードはジェンキンズのほうを見た。この瞬間が嫌なのだ。

「ミセス・ハデル」バラードは言った。「たいへん申し上げにくいのですが、お嬢さんがロサンジェルスで働いておられるクラブで銃撃事件が発生し、お嬢さんは亡くなられました」

電話線の向こうで大きな悲鳴が上がり、さらなる悲鳴につづいて、電話が床に落ちて大きな音を立てた。

「ミセス・ハデル？」

バラードはジェンキンズのほうを向き、送話口を手で覆った。

「モデスト市警に連絡して、だれか人をやれるか確かめて」バラードは言った。

「どこへ派遣するんだ？」ジェンキンズが訊いた。

それを聞いてバラードははたと気づいた。この電話番号に伴う住所を手に入れていなかった。電話線の向こうでは呻《うめ》きと泣き声が聞こえたが、電話からは遠い音声であり、電話がまだモデストのどこかにある床に転がっているようだった。

いきなりしゃがれた男性の声が聞こえた。

「あんたはだれだ？」

「ハデルさん？　わたしはロス市警の刑事です。奥さんはだいじょうぶですか？」

「いや、妻はだいじょうぶじゃない。いったい何事だ？　なぜあんたはうちの娘の電話を持ってる？　なにがあった？」

「お嬢さんは撃たれたんです、ハデルさん。電話でお伝えせざるをえなくてたいへん申し訳ありません。シンシアは彼女が働いているクラブで撃たれ、亡くなりました。わたしがお電話しているのは――」

「ああ、神よ……イエス・キリストよ。これはジョークかなにかか？　冗談だとしても、こんなこと人としてやってはならん。聞いているか？」

「冗談ではありません。まことにお気の毒です。クラブで発砲をはじめた何者かの銃弾がお嬢さんに当たったのです。彼女は生きようと懸命に戦いました。なんとか病院まで運んだんですが、お嬢さんを救うことはかないませんでした。こういうことになってたいへんお気の毒です」

　父親は応答しなかった。バラードは母親の泣き声がどんどん大きくなるのを耳にし、夫が電話を握りしめたまま妻の元にいったのがわかった。いまやふたりはいっしょにいた。バラードは自分の手のなかの携帯電話を見つめ、ハデル夫妻がこの世で最悪の知らせに立ち向かいながらおたがいにしがみついているところを想像した。バラード自身は、現時点でどこまで事態を推し進めるべきかという問題に立ち向かってい た。捜査の観点からは無意味かもしれない質問で、夫妻の苦悩にさらに立ち入るべきかどうか。

すると、声が聞こえた——

「これもみんなあのクソいまいましいボーイフレンドのせいだ」父親が言った。「死ぬべきはあいつだ。あの男があの店で娘を働かせた」

バラードは決心した。

「ハデルさん、いくつかお訊きしなければならないことがあります」バラードは言った。「事件にとって重要である可能性があることです」

6

ハリウッド分署に戻ると、報告書作成の分担をおこなった。きょうのシフトがはじまった際のランタナの盗難事件に関する報告書をジェンキンズが引き受け、バラードはラモナ・ラモネとシンシア・ハデルに関する書類を担当することに同意した。不公平な分担だったが、それによってジェンキンズは夜明けには署を出て、妻が寝覚めたときに帰宅しているのが保証された。

いまも書類作業と呼ばれていたが、実際にはすべてデジタルでおこなわれた。バラードはまずハデルの件にとりかかった。オリバスから督促されないうちに報告書を仕上げておけるようにだ。また、ラモネ事件は引き延ばすつもりでもいた。手元に残しておきたかった。書類作業を遅らせれば遅らせるほど、手元に残しておける可能性が増すだろう。

ふたりは、刑事部屋で割り当てられた机を持っていなかったが、通常、夜間には無人の広い室内で、それぞれお気に入りの作業場所があった。その選択は、主にデスクチェアの快適さと、コンピュータ端末の陳腐化レベルによって決定されていた。バラードは、窃盗および自動車強盗課の集まり《ポッド》のなかにある机を好む一方、ジェンキンズは刑事部屋の遠い端にある対人犯罪課にみずからを据えていた。〈リラックス・ザ・バック〉の店舗で購入した自前の椅子を持ちこんだ昼間勤務の刑事がおり、ジェンキンズはその椅子を大事にしていた。その椅子は、対人犯罪課の机が集まっているなかのひとつの机に長いバイク用駐車ケーブルで鍵をかけて留められていたため、ジェンキンズもそこに釘付《くぎづ》けになっていた。

バラードは手の早い書き手だった。ハワイ大学でジャーナリズムの学位を取得し、新聞記者としての経歴は長続きしなかったものの、その際受けた研修と経験から得た技能は、警察の仕事のこういう面で計り知れないほど役に立っていた。締め切りのプレッシャーに負けることなく、犯行報告書や事件の要約書を明確に頭のなかで整理してから書きはじめることができた。明瞭な短い文を書きつらねることで捜査の語り口に勢いを与える。この技能は、バラードが自分の捜査の証言をするため法廷に召喚された際にも役に立った。陪審員たちは、バラードが巧《うま》い物語の語り手であることから、彼女を好きになった。

十五年まえ、バラードの人生の方向が劇的に変わったのが、ある法廷だった。ハワイ大学を出て最初に就いた仕事が、ロサンジェルス・タイムズ事件記者の一団の一員になることだった。ヴァンナイズ裁判所内のこぢんまりとしたオフィスに配属され、そこからバラードは、市の北端を管轄地域とする六つのロス市警分署と刑事事件裁判を取材テリトリーとした。ある事件がバラードの関心を惹いた――ある夜、ヴェニスのビーチで拉致された十四歳の家出少女の殺人事件だ。彼女はヴァンナイズのドラッグハウスに連れこまれ、そこで数日間にわたり繰り返しレイプされたあげく、首を絞められて、建設現場のゴミ運搬トラックに遺棄された。

警察が立件し、ふたりの男を殺人罪で裁判にかけた。バラードは被告に対する予備審問を取材した。捜査主任の刑事は、捜査について証言し、その過程で、被害者が死にいたるまでにこうむった数々の暴行と屈辱的体験を詳しく説明した。刑事は証言台で泣きだした。それは演技ではなかった。陪審員はいなかった。この事件を陪審裁判へ進めるべきかどうか判断する判事しかいなかった。だが、刑事は泣いた。その瞬間、バラードは、自分がもはや事件と捜査について記事にすることだけを望んでいるわけではないと悟った。翌日、ロス市警ポリス・アカデミーへの入学を申しこんでいた。バラードは刑事になりたかった。

バラードが報告書を書きはじめたのは午前四時二十八分だった。シンシア・ハデルの身元は検屍局によって公式に確認される必要があったものの、彼女が被害者であることに疑いはまったくなかった。バラードはハデルの名前を報告書に記し、住所をラブレア・アヴェニューと記した。まず最初に、死亡報告書を書き、そこでハデルを発砲による殺人事件の被害者として記し、事件の基本的な情報を含めた。そののち時系列記録を書いた。ハリウッド長老派病院にいるあいだにマンロー警部補から連絡を受け取って以降バラードとジェンキンズが取った行動を順を追って説明するものだった。

時系列記録が仕上がると、それを下書き代わりにして、捜査員供述書を作成した。今夜、バラードとジェンキンズが当該事件に関して取った行動をより詳しくまとめたものだ。そののち、病院および〈ダンサーズ〉の従業員ロッカーから確保した被害者の所持品について文書化し、登録する作業にとりかかった。

その作業をはじめるまえに個々の品目をどれくらい登録することになるか数え、科学捜査課のラボに電話し、当直の巡査、ウィンチェスターと話をした。

「ハリウッドで殺された四名からの証拠登録ははじまった？」バラードは訊いた。

「DR番号が要るの」

登録済み証拠はすべて固有の記録課《ディヴィジョン・オブ・レコード》番号が必要だった。

「あそこは混沌としている」ウィンチェスターは言った。「まだ捜査員は現場にいるし、たぶん今夜一晩どころか朝になっても証拠を集めつづけることになるだろうな。証拠の登録は昼まではじまらないんじゃないかな。ところで、五名になったぜ。死亡したのは五人だ」

「知ってる。わかった、自分で番号を取るわ。ありがと、ウィンチェスター」

バラードは腰を上げ、ジェンキンズのところまで歩いていった。

「マニュアルからDRを取ってくる。あなたは要る？」

「ああ、ひとつくれ」

「すぐに戻る」

バラードは奥の廊下を通って、保管室へ向かった。担当の職員はいないだろうとわかっていた。こんな時間にいたためしがない。保管室は、夜の刑事部屋と同様、無人だった。だが、カウンターに記録課の台帳が置かれており、所持品と証拠登録のための最新のDR番号リストが入っていた。事件に関するあらゆるものが科学捜査課に潜在的証拠として分析のため送られる。科学捜査課は今回の強盗殺人課担当事件用の番号列を提供できないため、バラードとジェンキンズは自分たちの扱っている事件で押収した物品をハリウッド分署用DR番号の元に登録し、分類のため科学捜査課へ届けることになるだろう。

バラードはカウンターにあったメモ帳を手に取り、台帳からジェンキンズのための番号をひとつ書き取ると、自分用に七つの続き番号を書きつけた。番号はすべて、西暦にハリウッド分署を指す番号である06を加えたものではじまっていた。だれもいない廊下を戻って刑事部屋に向かっていると、反対方向にある当直オフィスから突然笑い声が鳴り響くのを耳にした。笑い声のなかにマンロー警部補の伝染しやすい声を聞き取ったバラードは、ひとり笑いを浮かべた。警察官はユーモアを欠いた人種ではない。大規模な暴力沙汰の起こった夜の深夜勤務帯のどまんなかでさえ、彼らは笑い声を上げるようななにかを見つけだせるのがつねだった。

バラードはジェンキンズにDR番号を渡したが、どこまで進んでいるのか訊いたりしなかった。ジェンキンズが二本の指でタイプし、まだ事案報告書に取り組んでいるのが見えた。仕事の進みが遅くて、フラストレーションを爆発させそうになっていた。通常は、ジェンキンズが書類作成を終えるのを待たずにすむよう、すべての書類仕事をバラードが自発的におこなっていた。

借りた机に戻ると、バラードは手袋をはめ、作業に取りかかった。すべてを処理するのに三十分かかった。それにはロッカーの中身と、被害者が首にかけていた鍵、財布とチップ用エプロンに入っていた現金が含まれていた。現金はすべて数え、書類にする必要があった。自分を守るため、バラードはジェンキンズをそばに呼び、現金を数えるところを見ていてもらい、各証拠袋に封をしたあとで、それぞれ携帯電話で撮影した。

バラードはビニール袋すべてを一枚の大きな茶色い紙袋に収め、ＤＲ番号を記してから、赤い証拠保全テープで封印した。そののち、廊下を戻って保管室まで紙袋を運ぶと、ロッカーのひとつにそれを置いた。強盗殺人課で事件に取り組んでいるだれかが取りにくるか、科学分析のため、科学捜査課のラボまで運ぶ定期配達人が引き取りにくるまで、紙袋はそこに入ったままになるだろう。

刑事部屋に戻ると、バラードはＴＶ画面上の時刻表示が六時十一分であることを目にした。バラードの勤務は午前七時に終わることになっており、いまが月の勤務期間のなかほどであり、残業予算がたぶんすでになくなっているだろうから、残業できる可能性は低かった。それにバラードは残業をしたくなかった。たんにラモナ・ラモネ事件に対応するのを次のシフトにまわそうと思った。

〈ダンサーズ〉の事件については、ハデルの両親と同僚のウェイトレスたちへの聴取に関する要約をまだ書いていなかった。それをするのに勤務時間の最後までかかるだろう、とわかっていた。ワークステーションのまえに座り直し、コンピュータ画面に新しいファイルをひらいて、ネルスン・ハデルと交わした会話の要約を書きはじめたところ、携帯電話が鳴り、マンロー警部補からかかってきたのがわかった。

「警部補」

「バラード、いまどこにいる?」

「刑事部屋です。書類を書いているところです。少しまえにそちらで笑い声が上がっているのが聞こえましたよ」

「ああ、そうだ、こっちでお楽しみ中だ。きみに供述を取ってもらわねばならん」

「だれの供述です? わたしはいまこれにかかりきりで、まだ手も付けていない暴行事件の書類作業があるんです」

「たったいま歩いてやってきた人物が言うに、発砲がはじまったとき〈ダンサーズ〉にいたんだとさ。写真を撮ったと言っている」

「ほんとですか? あの店は写真撮影禁止ですよ」

「こっそり二枚、自撮りをしたそうだ」

「そこになにかが写っていた?」

「店内は暗かったが、重要なものが写っていた。銃口の閃光《せんこう》のようだ。ラボで解像度を上げられるかもしれん。だからきみにこの男を引き受けてもらい、こいつがなにを手に入れ、なにを知っているのか確かめてもらわねばならん。いまロビーの椅子に座ってる。こいつがもう待ちたくないと思うまえにがっちり捕まえてくれ」

「いまからいきます。でも、警部補、わたしは六十分後にここを出ることになっています。今夜、緑紙にサインしてもらえますか？　まだ手つかずの暴行事件があるうえに、この目撃証人が加わるんですから」

バラードが言っているのは、シフトの上司が残業を許可するためにサインをしなければならない緑色の承認カードのことだった。

「一時間やろう、それだけだ」マンローは言った。「一晩で銀行を破産させるわけにはいかん。それだけあれば、こいつと話をし、〈ダンサーズ〉の書類を仕上げられるだろう。暴行事件は明日まで延ばせばいい——被害者がまだ足をヒクヒク動かしているかぎりはな。殺人事件になれば、捜査を遅らせるわけにはいかん」

「最後に確認したところでは、彼女は手術を乗り切りました」

「わかった。なら、こいつをわたしの手から引き離しに来てくれ」

「了解」

バラードは通話を切った。いまのシフト終わりにラモナ・ラモネ事件を対人犯罪課に引き渡さずにすむことをバラードは嬉しく思った。バラードにとって、それは残業よりも重要なことだった。正面ロビーに向かいながら、ジェンキンズの机のそばに通りかかり、彼がまだ二本指でキーを叩いているのを見た。バラードは目撃証人のことを伝え、もしジェンキンズが望むなら一時間の残業時間をつけてもらえただろうと付け加えた。ジェンキンズは、ありがたいが、遠慮する、おれは家に帰らなきゃならないんだ、と答えた。

7

目撃証人はザンダー・スペイツという名の二十三歳のクラブ客だった。バラードはスペイツを刑事部屋に連れていき、狭い取調室に入れた。スペイツは痩せぎすで、灰色のスエットパンツにダークブルーのパーカーという服装だった。腰を下ろしたあとでもパーカーのポケットに両手を突っこんでいた。

「ザンダー――それって本名？」バラードは質問をはじめた。

「アリグザンダーをつづめたものさ」スペイツは答えた。「ザンダーのほうが気に入ってる」

「なるほど。仕事はなに、ザンダー？」

「うーん、あれやこれやいろいろと。いまは靴を売ってる」

「どこで？」

「メルローズ・アヴェニューで。〈スリック・キックス〉って店さ」

バラードはメモを取っていなかった。取調室に入ったとき、温度調節器を調整したのだが、実際には、備え付けの記録装置を作動させたのだった。映像と音声を記録する装置だった。

「で、深夜、発砲がはじまったとき、〈ダンサーズ〉にいたのね？」バラードは訊ねた。

「そのとおり」スペイツは答えた。「おれはあそこにいた」

「ひとりでいってたの？」

「いや、ダチのメトロといっしょだった」

「メトロの本名はなに？」

「よくわからない。おれにはただのメトロだ」

「どこでメトロと会ったの？」

「あいつは〈キックス〉で働いている。そこで会ったんだ」

「じゃあ、〈ダンサーズ〉に到着したのはいつ？」

「きのうの夜の十二時ごろ」

「で、発砲事件を目撃した？」

「いや、おれのうしろで起こったみたいだった。ブースふたつ分離れていて、おれはそちらに背中を向けていた。ちょうど、それが起こったとき、おれは自撮り写真を撮影していて、最初の発砲が写っていたんだ。スゲーぜ」

「見せて」

スペイツはパーカーのポケットからｉＰｈｏｎｅを取りだし、写真をひらいた。

「ライブフォトで三枚撮ったんだ」スペイツは言った。「スワイプしてみてくれ」

スペイツはスマートフォンをテーブルの上に置き、バラードのほうへ滑らせた。バラードは画面上の写真を見た。前方の中心にスペイツ自身が写っており、彼の右肩越しに客で埋まったほかのブースの黒い輪郭が見えた。顔がはっきりわかる客はいなかった。解像度を上げてみるのは、ラボのビデオ・チームに委ねることになるだろう。

「つづけて見てくれ」スペイツが促した。「おれは発砲の瞬間をとらえた」

バラードがスワイプした次の写真は、最初の写真と似たようなものだったが、三枚目の写真に興味をグッと惹かれた。カメラはスペイツの肩越しにある二番目のブースで上がった閃光をとらえていた。まさに発砲がはじまった瞬間の写真をスペイツは撮影していた。銃口の閃光をとらえていたのだ。スマートフォンのカメラはライブフォトの機能を持っていたため、実際の静止画に先立つ一秒間の行動をとらえていた。バラードは何度か画面をタップして再生を繰り返し、その一秒間で殺人犯の腕が銃を掲げ、発砲するところを見ることができた。

バラードは指で写真を拡大し、画面の中央に閃光を持ってきた。とてもぼやけていたが、発砲者の背中がカメラに向いているのを見分けられた。男の後頭部と右肩のはっきりとしない線が見えた。男は右腕を持ち上げ、武器をつかみ、ブースの真向かいにいる男にまっすぐ狙いを定めていた。真向かいの男はやがて右側に倒れ、ブースからはみ出すことになるのだ。被害者の顔は、銃を目にして急に動こうとしたせいでぼやけていた。

「こいつは拡大できるはずだ」スペイツは言った。「報奨金かなにかあるのかな？」

バラードは写真越しにスペイツを見、分署にやってきた男の動機が明白にわかった。

「報奨金？」バラードは訊いた。

「ああ、ほら、事件解決に協力したお礼とか」スペイツは言った。

「報奨金のことはなにも知らないな」

「いや、あるべきだぜ。おれは危険な目に遭ったんだ」

「あとで確かめてみないと。発砲がはじまったときなにがあったのか教えて。あなたはなにをしたの？」

「おれとメトロはテーブルの下に潜りこんで隠れた」スペイツは言った。「すると発砲犯は、おれたちのテーブルの横を走り抜けていき、さらに何人か撃った。おれたちはやつがいなくなるまで待って、あの店からおん出た」

バラードは銃口の閃光が写っている写真を自分の携帯電話に送信した。

「スペイツさん、メトロがどこに住んでいるのか知ってるかな？」バラードは訊いた。

「いいや、知らない」スペイツは答えた。「今回がふたりででかけた最初で、ふたりとも自前の車でいったんだ」

「なるほど。では、必要があれば〈スリック・キックス〉を通して、メトロを見つけるわ」

「店にいるはずだぜ」

「それから、しばらくのあいだ、あなたの携帯電話を預からせてもらわないといけないの」

「えー、冗談だろ、たったいま自分の電話に送信しただろ。写真は手に入ったじゃないか」

スペイツは自分のスマートフォンを指さした。

「言いたいことはわかる」バラードは言った。「でも、あなたのスマホは、ライブフォトの機能がついており、うちのラボであなたが撮影した写真の個々の瞬間から静止画を引っ張りだせるかもしれない。発砲による跳ね返りが起きるまえなら、銃の様子がもっと鮮明になりそうなの。その情報はきわめて役に立つものになりうる。写真の複製ではなく、撮影したカメラ本体をうちのラボは欲しがるはず。あなたのスマホを見る必要があるの」

「たまんねえな。どれくらいかかる？」

「確かなことはわからないけど、二、三日で済めばいいかな」

バラードはそれが嘘《うそ》だとわかっていた。もし証拠として押収されるとすれば、スペイツはたぶんこの携帯電話を取り戻すことはないだろう。だが、それを説明するのは強盗殺人課のだれかに任せることにした。

「そのあいだ、おれはどうやって電話を使えばいいんだ？」スペイツは問い迫った。

「だれかに借りるか、使い捨て携帯を買えばいいんじゃない？」バラードは提案した。

「冗談ポイだ」

「物品受領書をプリントするまで、ここで待っていてちょうだい」

「いやになるな。報奨金かなにかあるはずだ」

バラードは立ち上がった。

「調べてみる。受領書をプリントしたらすぐに戻ってくるから」

バラードはスマートフォンを手に、部屋を出ると、ジェンキンズのところへ歩いていった。彼はまだキーボードを叩いていた。

バラードはスマートフォンをジェンキンズのまえにかざし、写真をタップして、一秒分の映像を再生した。

「こいつは驚きだ」ジェンキンズは言った。

「ええ」バラードは言った。「百万にひとつの一枚」

「だれか見えるか？」

「発砲犯はわからない――カメラに背を向けている。だけど、ラボで調べれば、この映像から銃を特定できるかもしれない」

「とてもいいな。オリバスに話すのか？」

「いまから話す」

借りていたワークステーションに戻ると、バラードは、ローヴァーを車のなかに忘れてきたのに気づいた。オリバス警部補の電話に連絡するすべはなかった。オリバスが以前に電話をかけてきたときにその番号をブロックしたのだ。メールを送ることはできたが、その手段は適当ではなかった。自分の携帯電話を取りだし、ケン・チャステインの名前が出てくるまで連絡先をスクロールした。チャステインの番号は、パートナーを組んでいながら裏切られ、強盗殺人課から異動させられたあとも消さずに残していた。バラードはチャステインにショートメッセージを送った。

オリバスに伝えて——近くのブースにいた目撃者が6に出頭。発砲の写真を携帯で撮影している。ラボが拡大できるかも。

そのショートメッセージを送ってから、バラードはスペイツに渡すための物品受領書を印刷した。それをプリンターから摑むと、コーヒーを取りに休憩室に立ち寄った。一晩にコーヒー一杯だけ飲むのを自分に許しており、いまがそのときだった。その一杯で、勤務時間をまっとうし、余分な一時間をこなす活力を得られるだろう。仕事が終われば、元気を取り戻せるだろう。途中で部屋の向こうにいるジェンキンズに声をかけたが、彼はカフェインをパスした。

休憩室でコーヒーポッドをコーヒーメイカーに差しこんでいると、携帯電話が軽やかな音を立て、チャステインからの返信が届いたことを告げた。

だれがメールしてきたんだ？

チャステインはバラードの電話番号を自分の携帯電話に残してさえいなかったのだ。バラードは強盗殺人課時代の古い無線識別番号——Ｋｉｎｇ65——で答え、銃口の閃光写真も添えた。もしチャステインが新しい機種のｉＰｈｏｎｅを持っているなら、コンマ数秒の動画を見て、その価値を理解できるだろう。

ワークステーションに戻るまでに携帯電話が振動し、非通知の電話がかかってきた。バラードは、それがチャステインからだと予想したが、オリバスからの電話だった。

「刑事、そこにまだ目撃証人はいるのか？」

「はい、取調室にいます。たぶんわたしが二十分もどこにいったんだろうと思っているでしょうね」

「身柄を押さえておけ。チャステインがそちらに向かっており、五分後に到着する。そいつはほかにも写真を持っているのか？」

「わたしがチャステインに送ったような写真は持っていません」

「きみはその携帯電話を押収したのか？」

「わたしの机の上にあります。いま、受領書にサインさせようとしているところです」

「けっこう。チャステインがその携帯電話も持っていく」

「わかりました」

「報告書はできあがったのか、刑事？」

「まもなく。被害者の所持品の保管手続きをして、あと二件の事情聴取のまとめがあるだけです」

「完成させ、届けるように、刑事」

またしてもオリバスはバラードがなにか言うまえに電話を切った。顔を起こすと、ジェンキンズがぶらぶらと歩いてきたのに気づいた。

「なにが起こってる？」

「チャステインが携帯電話と目撃証人を引き取りに来る。わたしたちはもうこの件から外された」

「けっこう。盗難事件の書類はほぼ書き終えた」

ジェンキンズはうしろを向き、刑事部屋の自分のいたコーナーに戻りかけた。

「もう事件を最後まで見届けたいとは思わないの？」バラードが訊ねる。

ジェンキンズは振り返らなかった。

「もう思わないね」

ジェンキンズは歩きつづけた。と、取調室のドアを叩く音が聞こえた。ザンダー・スペイツがようやく自分が閉じこめられていることに気づいたのだ。バラードは受領書を手に、取調室へいき、ドアをあけた。

「いったいなんだ？　囚人かなにかみたいにおれをここに閉じこめたな？」

「あなたは囚人ではありませんよ、スペイツさん。市警の方針なんです。民間人に署内を勝手に歩きまわらせるわけにはいかないので」

「どうなってるんだ？　おれの携帯はどこだ？」

「わたしがあなたの携帯電話を預かっており、別の刑事があなたと話しにやってきます。その刑事が担当する事件であり、彼はあなたが重要な目撃証人かもしれないと考えています。正直な話、報奨金について、その刑事と話をすべきでしょう。その件で彼は協力してくれるはず」

「ほんとかい？」

「ええ、ほんとです。ですから、うしろに下がって、椅子に座り、おとなしくしてもらわないと。これがあなたの携帯電話の受領書です。表にサインしたら、二枚目の写しを保管してください。もうすぐチャステイン刑事がここに来ます」

バラードは椅子を指し示し、スペイツはドアから離れはじめた。椅子に腰をかけ、バラードから渡されたペンで受領書にサインをする。するとバラードはサインされた受領書を持って、後退し、ドアを閉め、再度鍵をかけた。

チャステインは五分後に到着し、奥の廊下を通ってやってきた。ワークステーションのまえにいるバラードにまっすぐ向かってくる。

「うちの証人はどこだ？」

「二号室。名前はザンダー・スペイツ。そしてこれが彼の携帯電話」

バラードはスペイツの携帯電話をすでに証拠保管用の透明のビニール袋に入れていた。その袋をバラードが掲げると、チャステインがそれを手に取った。

「よし、おれがそいつを連れていく」

「幸運を」

チャステインは背を向け、取調室に向かった。バラードはチャステインを呼び止めた。

「それからウェイトレスの所持品の保管手続きも済ませたから。要るならどうぞ」バラードは言った。「少しまえに両親と話をしたんだけど、父親が言うには、彼女のボーイフレンドはドラッグを扱うヒモだそうよ。クラブでウェイトレスにドラッグを売りさばかせていたんですって」

チャステインはうなずいた。

「興味深いが、たぶん関係はないだろう」チャステインは言った。

「わたしもそう思う」バラードは言った。「でも、彼女の所持品は保管室に入っている。あなたが持っていかないなら、次の定期便で送り届けられるでしょうね」

チャステインは取調室のほうへ頭を百八十度まわしたが、再度、バラードのほうへ歩いて戻ってきた。

「ローラの調子はどうだ？」

「あの子は元気」

「そりゃよかった」

つづく言葉はなかった。だが、チャステインは動かなかった。やがてバラードは顔を起こしてチャステインを見た。

「ほかになにかある？」

「ああ、そうだ」チャステインは言った。「ほら、レネイ、あのときあんなふうになったことに対して、ほんとうにすまなく思っているんだ」

バラードは一瞬相手をまじまじと見てから答えた。

「それを言うのに二年かかったわけ？」

チャステインは肩をすくめた。

「そうみたいだ。ああ」

「あのときあなたがわたしに言ったことをすっかり忘れているのね」

「いったいなんの話だ？」

「申し立てを取り下げろとあなたがわたしに言ったときの話。オリバスはひどい離婚協議をしているところで、年金の半分を失いかけていて、まともな行動をできなくなっているとか、そういったありとあらゆる戯言《たわごと》の話——まるであいつがわたしにしたことがそれで問題なくなるかのように」

「それがどう関係しているのかわからないんだが——」

「あなたは自分の携帯にわたしの番号すら残していなかったんだね、ケニー。一切合切から自分の手を引っこめたんだ。あなたはなにもすまないと思っていない。あのとき、あなたは機会を見つけ、それを逃さなかった。あなたはわたしをバスの下に投げこまなければならず、しかも、ためらわずにそうした」

「いや、それはちがう」

「いいえ、ちがわない。仮になにかあるとしても、あなたはすまないと思っているのではなく、疚しいと思っているだけ」

バラードは机のまえにある椅子から立ち上がり、相手と対等な立場に立った。

「どうしてわたしはあなたが正しいことをおこない、自分のパートナーを守ろうとするだろうと思ってしまったんだろう？」バラードは言った。「あなたを信用したわたしが馬鹿だった。そのおかげでわたしはここにいる。だけど、知ってるかしら？　あなたと強盗殺人課でいっしょにいるくらいなら、ジェンキンズといっしょにレイトショーをするほうを選ぶ。少なくともジェンキンズからなにを得られるかわかっている」

チャステインは、頬を紅潮させながら、しばらくバラードをじっと見つめた。チャステインが人にいらだたされたとき、わかりやすい態度を見せることをバラードは思いだした。確かにバラードは彼をいらだたせていた。次に来たのは、ぎこちないほほ笑みと口元を拭う仕草だった。バラードは三連単を当てた。

「まあ、とにかく」チャステインはようやく口をひらいた。「証人をありがとう」

チャステインは取調室のほうを向いた。

「どういたしまして」バラードはチャステインの背に声をかけた。

バラードは机の上から空になったコーヒーカップをつかむと、刑事部屋の出入り口に向かった。チャステインの近くにいたくなかった。

8

残業の一時間のせいでバラードは、ビーチに向かう西向きのひどい交通ラッシュに巻きこまれた。サービス産業従事者の一団が、東部から、ホテルやレストランの最低賃金以下の仕事と、とても生活費が賄えずに住めない地域に向かっていた。バラードがヴェニスに到着するまでほぼ一時間かかった。まず最初に、夜間も世話をしてくれる預かり人からローラを引き取り、それからビーチに向かった。

市を横断する骨折り運転で唯一よかったのは、砂地にたどり着くまでに海洋表層近くの空気の乱れがすでに収まっており、湾の海面はコバルトブルーに輝き、ガラスのように平らになっていることだった。バラードはヴェニスのボードウォークの北端にある駐車場に車を停め、自分のヴァンの後部へまわった。ローラを降ろしてやり、ホイール・ウェルに収めた籠からテニスボールを一個摑んで、ガラガラの駐車場に放り投げた。犬はテニスボールを追いかけていき、三秒後に口にくわえていた。ローラはテニスボールを飼い主まで律儀に運んできて、バラードはさらに数回、テニスボールを放ってから、籠に戻した。犬はあまりに短い遊びに鼻を鳴らして残念がった。

「あとで遊んであげるからね」バラードは約束した。

バラードは風が強くなるまえに水に乗りたかった。

バラードのヴァンは、白いフォード・トランジット・コネクトで、引退し、商売を畳む予定の窓の清掃業者から中古で買ったものだった。十三万キロほど走っていたが、元のオーナーは大切に乗っていた。バラードは、ボードを運ぶため、車のルーフにラダーラックを取り付けたままにし、ジェンキンズと共有している仕事の車と同様、ヴァンの後部貨物エリアに、区画分けして段ボール箱を入れていた。

ハリウッド分署を出るまえにバラードは、仕事のスーツをロッカーに残し、ワンピース型水着であるタンクスーツの上に色褪《いろあ》せたジーンズと赤いパーカーという姿に着替えていた。ここにきてバラードは上の服を脱いでタンクスーツだけになり、ほかの服を下着と靴下とニューバランスのトレーニングシューズといっしょにバックパックに詰めた。次にヴァンの内側の壁にフックでかけていたハンガーからウエットスーツを外した。そこに体を押しこめると短い紐を引いて背中のジッパーを上げた。段ボール箱のひとつから大きなビーチタオルを一枚取りだし、最後にバックパックに詰めこんだ。バックパックの側面にテント袋をクリップ留めすると、バックパックを肩にかついだ。

最後にバラードは食べ物を保管している保冷バッグからマルチグレイン&チョコレート・エネルギーバーを取りだした。ドアを閉め、ヴァンをロックし、ルーフラックからボードを引っぱり降ろした。長さ二・四メートルのワンワールドのボードで、パドルがデッキにクリップ留めされていた。ヴァンのルーフからボードを降ろすのは、なかなか大変で、テールフィンがアスファルトにぶつかって跳ねないよう慎重におこなった。中央のグリップ・ホールに指を入れ、右脇にボードを抱えて、運びながら、空いているほうの左手を使ってエネルギーバーを口に運んだ。水面へ裸足《はだし》で向かい、駐車場を離れ、砂地に足を踏み入れるまで、慎重に歩を進めた。ローラが忠実にあとをついてきた。

水際から二十メートルほど離れたところにテントを設営した。その組み立ては容易で、五分で完了する手慣れた作業だった。風に対してテントを安定させるためバックパックをなかに置き、ジッパーを使って入り口を閉ざした。テント正面右隅の砂のなかにヴァンのキーを埋め、犬が指示された場所に座るまでそこを指さした。

「見張っててね」バラードは言った。

犬は頭を一度こっくりとうなずくように下げた。バラードはおよそ十四キロのボードをふたたび持ち上げ、水際まで運んだ。右の足首にリーシュコードを巻いて、ベルクロのストラップで固定すると、ボードを前方に押しだした。

バラードの体重は、六十キロ弱しかなく、バランスを崩さずにボードの上で立ち上がることができた。右手でパドルを四回搔《か》き、低いうねり波を乗り越えると、ようやく朝靄《あさもや》の残滓《ざんし》のなかをスムーズに進めるようになった。一度、飼い犬を振り返った。振り向く必要がないのはわかっていたとはいえ。ローラはテントの正面右隅に警戒姿勢で座っていた。バラードが戻ってくるまでローラはその姿勢をつづけるだろう。

バラードはレイトショーへの異動後、すぐにパドルボードの定期的運動をはじめた。ワイレアとラハイナのあいだにあるウエスト・マウイのビーチで幼いころからサーフィンをはじめ、父親とともにサーフィンをするため、フィジー諸島やオーストラリアなど至る所を旅してきたのだが、法執行機関でのキャリアを追求するため、北米四十八州地域に引っ越した際、サーフィンから足を洗った。だが、ある夜、ドヒニー・ドライブの外れにある丘陵地区の高級住宅街に不法侵入の通報が入り、バラードとジェンキンズが呼ばれた。とある夫妻が〈スパゴ〉での夕食から帰宅したところ、彼らの五百万ドルの屋敷《やしき》のドアがあいており、室内が荒らされているのに気づいた。

まずパトロール警官が到着し、つづいてバラードとジェンキンズが呼びだされた。分署長によって被害者がＨＶＣ——重要有権者《ハイ・ヴァアリュー・コンスティチュエント》とみなされたからだ。分署長は鑑識チームとともに捜査にあたる刑事をただちに向かわせたがった。

到着してすぐジェンキンズは侵入地点で作業する鑑識技官たちの監督をおこない、バラードは屋敷の女主人とともに屋内を調べ、盗まれたものがなんなのか正確に把握しようとした。主寝室で、ふたりはどでかいウォークイン・クローゼットに足を踏み入れた。そこは床から天井まである鏡の裏に隠されており、最初に到着したパトロール警官が屋敷内を調べたときには見過ごされていた。クローゼットの床には毛皮のコートが広げられていた。コートの絹の裏地の中心に宝石が積み重ねられて山になっており、赤いソールのハイヒールが三足置かれていた。そのハイヒールが一足千ドル以上することをバラードは知っていた。

その瞬間、バラードは、窃盗犯がまだ家のなかにいる可能性がある、と悟った。それとまさにおなじ瞬間、侵入者がハンガーにかかった衣服の列の背後から飛びだしてきて、バラードを床に倒した。バラードが自分より五十キロ近く重たい男ともみ合っているあいだ、屋敷の女主人は、クローゼットの鏡張りの壁にもたれ、その場で凍りついて、一言も発しなかった。

侵入者は赤いソールのハイヒールをひとつ摑み、先の尖《とが》ったヒールをバラードの目に突き刺そうとした。バラードは相手の腕を押さえていたが、男の腕力が強すぎて長くは耐えられないとわかった。尖ったヒールが顔に近づいてくるのをこらえつつ、声を出してジェンキンズに助けを求めた。土壇場でバラードは顔を捻《ひね》り、尖ったヒールは彼女の頰を横切り、血の線を描いた。侵入者はハイヒールを引き戻し、バラードのもう一方の目を狙いはじめたが、その瞬間、寝室に入ってくる途中で手にした小型ブロンズ彫刻を振り回すジェンキンズに背後から殴られた。バラードを襲った人間は意識を失って彼女の上に倒れた。彫刻はふたつに割れた。

侵入者は夫妻の統合失調症を患っている息子だと判明した。何年もまえに屋敷から姿を消し、サンタモニカ大通りで路上生活をしているものと思われていた。バラードはシダーズ・サイナイ病院で頰を四針縫われることになり、ジェンキンズと市警は過剰な武力行使と、高価な芸術作品損傷の罪で、夫妻とその息子に訴えられた。市は二十五万ドルで和解し、バラードは、自分の目にじりじりと近づいてくる尖ったヒールの記憶を頭のなかから消すため、上半身の力を強くするパドルボーディングをはじめた。

太陽が雲のうしろに姿を隠すと空が灰色になり、海水が濃く、先を見通せないほどのブルーに変わった。バラードはパドルのブレードを横にひねると、それが水のなかに細い線を描いて、白い先端が暗闇に消える様子が好きだった。そののち、ブレードを回して、力をこめてフルストロークをするのだが、動いていてもボードとパドルは海面にほぼなんの跡も残さないのだった。バラードはそれをステルス・パドリングと呼んでいた。

バラードは大きくループを描くように進んでおり、少なくとも沖に三百メートル近く出ていた。数分おきにテントのほうを見て、だれもテントや犬に近づいたり、邪魔をしたりしていないのを確認した。かなり離れてはいるものの、ビーチの七十メートルほど先にある持ち場にいるライフガードがだれなのか識別できた。アーロン・ヘイズはバラードのお気に入りのライフガードのひとりだった。彼はローラの控え選手だった。アーロンが荷物を見張ってくれており、たぶんあとで訪ねてくるだろう、とバラードはわかっていた。

パドルを動かしながら、心がたゆたいはじめた。先ほど刑事部屋でチャステインと顔を突き合わせたときのことを考える。自分自身に不満があった。あそこでチャステインに言ったことを言うのに二年待ったのだが、時期と場所が悪かった。チャステインの裏切りにずっと腹を立てていたあまり、現在重要であることを思いだせなかった

――シンシア・ハデルを含めた五人の殺人事件のことを。

ボードの向きを変え、さらにパドルを漕《こ》いだ。疚しさを覚える。ハデルが巻き添え被害者であることは重要ではない――最初にチャステインとバラード自身の問題を優先させたためにハデルの期待に背いてしまった気がした。殺人事件の被害者と、彼らの代弁を務める刑事とのあいだに存在する聖なる絆《きずな》の問題だ。バラードの担当事件ではなかったが、ハデルはバラードの担当する被害者であり、絆はそこにあった。

バラードは膝を深く曲げ、何度か深くパドルを漕ぎ、頭のなかでまわしつづけているチャステインのループから逃れようとした。その代わり、ラモナ・ラモネのこと、テイラー巡査が言っていた、ラモナが逆さまの家にいたという件について考えようとした。どういう意味なんだろう、とバラードは思った。そしてその思いが作用して、バラードの頭のなかで回る新しいループになった。

海面に一時間出ていると、皮膚とウエットスーツのあいだに汗の層ができた。それが体を温めてくれているが、筋肉が強《こわ》ばりはじめているのが感じられた。肩と太ももとハムストリングスが痛み、鉛筆の先端を肩甲骨のあいだの一ヵ所に押しつけられているような感じがした。海岸のほうへボードの向きを変え、パドルを深く長く入れてラストスパートをした。海から上がったときには、すっかり消耗しており、足首からリーシュコードを引き剝がし、ボードのテールを砂に引きずってテントまで戻った。そうしながらも、父の最初の教えを破っているのがわかっていた。「ボードを引きずるな。ガラスコーティングに悪影響を与える」

ローラはテントのまえの歩哨《ほしよう》姿勢から動いていなかった。

「いい子だね、ローラ」バラードは言った。「いい子だ」

バラードはボードをテントの横に置き、飼い犬を軽く叩いてやった。テントの入り口のジッパーを外し、フラップの内側についているポケットからローラのおやつを摑んだ。また、バックパックも引っぱりだした。飼い犬におやつをあげてから、待てと命じ、砂の上を横切って、パドルテニスのコート裏にある公共シャワーの列に向かった。ウエットスーツを脱ぎ、水着でシャワーを浴びた。目を覚ましはじめ、近くのボードウォークを歩きだしたホームレスの男たちに油断なく目を走らせる。遅れてパドルボーディングをはじめたせいで、スケジュールが押していた。いつもなら、ボードウォークになんらかの生活がはじまるまえにパドルとシャワーを終えていたのだが。

髪から塩がすっかり落ちたのを確認すると、水を止め、バックパックから取りだしていた大きなビーチタオルで乾かした。水着のストラップを肩から外し、脇から膝までをタオルで覆った。濡れた水着をコンクリート台に落とし、タオルを巻いたまま足から下着を身につける。ラハイナルナ高校で授業がはじまるまえにサーフィンをしていたころから、こんなふうにビーチで着替えてきた。タオルを下に降ろすころには、ふたたびジーンズとパーカー姿に戻っていた。タオルで髪の毛を乾かしながら、バラードは砂の上を歩いてテントに戻り、ふたたびローラの頭を軽く叩くと、ナイロンのシェルターのなかに這《は》い進《すす》んだ。

「楽にして、お嬢ちゃん」バラードは言った。

ローラは休む姿勢を取ったが、鍵が埋められた場所であるいまの居場所から動かぬままでいた。バラードはテント・フラップのポケットからあらたなおやつを取りだすと、ローラに放った。犬は空中にあるおやつを歯で捕らえ、すぐにストイックな姿勢に戻った。バラードは笑みを浮かべた。二年まえ、ボードウォークにいたホームレスの男からローラを買い取ったのだ。当時のこの犬は痩せ細り、ショッピングカートに鎖で繋がれていた。ほかの犬と喧嘩《けんか》をしてできたような傷が口をあけていた。バラードはたんにその犬を救いたかっただけだが、すぐに絆が生じ、犬は彼女の元に留まった。いっしょに犬の調教訓練を受講し、すぐにローラはレネイが自分を救ってくれたのをわかっているかのようになった。ローラはバラードにどんなときも忠実であり、バラードもおなじように感じていた。

眠る用意が整い、バラードはテント・フラップのジッパーを引き下げた。午前十一時だった。いつもなら、バラードは日没近くになるまで眠るところだが、今回、午後二時に起こすよう携帯電話のアラームをセットした。午後十一時の正規の勤務時間がはじまるまえに、きょうはやることがあった。

三時間の睡眠を期待していたが、実際にはかろうじて二時間眠れただけだった。一時をまわってすぐ、何者かがバラードの接近禁止地帯に侵入した際にローラが発する低い唸り声に起こされた。バラードは目をあけたが、動かなかった。

「おいおい、ローラ。もうぼくを愛していないのか？」

中断された睡眠から覚醒途中だったが、バラードはその声を認識した。アーロン・ヘイズだ。

「ローラ」バラードは言った。「だいじょうぶ。どうしたの、アーロン？　わたしは寝てたの」

「すまん。邪魔していいかい？　昼休みなんだ」

「きょうはだめ、アーロン。もう少ししたら起きて出かけないと」

「わかった。起こしてすまん。ところで、きょうのきみはみごとだったよ。まるで水の上を歩いているかのようだった。巧みな長いストロークをしていた」

「くたくたになったけどね。でも、ありがとう、アーロン。おやすみなさい」

「ああ、そうだな、おやすみ」

アーロンが砂の上を遠ざかっていきながら、彼が喉を鳴らして笑っている音が聞こえた。

「いい子ね、ローラ」バラードは言った。

バラードは寝返りをして、仰向けになり、テントの天井を見上げた。太陽は高くのぼり、とても明るくて、ナイロン越しにそれが見えた。目をつむり、アーロンに起こされるまえに見ていた夢を思いだそうとした。なにも思いだせなかったが、灰色の巻きひげのような睡眠のどこかになにかがあったと思った。たしかに夢を見ていた。たんにそれがどんな夢だったか思いだせないだけだった。それを取り戻そうとし、そのなかに潜り直そうとしたが、標準的な睡眠サイクルは約九十分だとわかっていた。眠り直し、フルサイクルを終えると、予定よりも長くかかってしまうだろう。目覚ましはあと一時間もしないうちに鳴ることになっており、起きて、逆さまの家でブラスナックルを使ってラモナ・ラモネに暴行を加え——そのち、ハリウッドの駐車場に放置して死亡させようとした人間の正体を突き止めるのに取り組むという計画に執着していたかった。

バラードはテントから出て、荷物をまとめ、テントを畳むと、ヴァンに戻った。すべてを元の場所に置き、ウエットスーツをハンガーにかけた。ボードは降ろすよりもルーフラックに戻すほうが難しい。バラードの背丈は百七十センチで、ボードにストラップをかけるには、サイドドアをあけ、ドア敷居《しきい》に立たねばならなかった。二番目のストラップはボードの下側にあるワンワールドのロゴを横切った。そのロゴは、ボードの先端に乗っているサーファーの黒いシルエットを描いており、男性サーファーは両手と両腕を頭上に掲げ、うしろへ反らせていた。まるで化け物級の波の急斜面を飛ぶように降りているかのように。そのロゴを見ると、バラードは父親と父親が乗った最後の波をいつも思いだす。父を連れていってしまい、バラードにビーチを走り回らせた波を思いだす。バラードは、どうしたらいいのか、どこへいけばいいのかわからず、ひらけた海に向かって身も世もなく泣いていた。

バラードとローラはボードウォークを歩いて、〈ポキポキ〉の窓に立ち寄り、自分用に海藻入りアロハ丼、飼い犬用にテリヤキ・ビーフ丼を注文した。ローラは注文の品ができあがるのを待ちながら窓の下で犬用ボウルから水を飲み、カウンターの向こうの男性はバラードにローラ用のおやつを寄越してくれた。

昼食後、バラードは犬を砂の上に連れ戻すと、何度かテニスボールを投げてやった。だが、バラードは心ここにあらずの状態だった。ボール投げのあいだずっと彼女は仕事のことを考えていた。正式にバラードは〈ダンサーズ〉事件から外れていたが、シンシア・ハデルについて考えずにはいられなかった。

バラードは、ハデルの両親の話から、ハデルをドラッグ取引のためあのクラブに潜りこませた売人の名前と電話番号を摑んでいた。もし強盗殺人課が興味を持たなければ、ハリウッド分署の囮捜査チームがその手がかりを使って、なにか対処してくれるだろう。署に戻ったら囮捜査チームに立ち寄ることと心のなかにメモした。

ビーチからバラードはローラを預けにペットシッターのところへ戻った。いっしょに過ごした短い時間を飼い犬に詫《わ》び、あとで埋め合わせをすると約束した。ローラは一度頭を下げ、バラードをこの苦境から救ってやった。

ハリウッドに戻る途中でバラードは赤信号で停止するたびに携帯電話でロサンジェルス・タイムズのニュース情報をチェックした。〈ダンサーズ〉の発砲からまだ十二時間しか経っておらず、新聞は中身の薄い記事を載せているだけだった。バラードは自分の勤務時間で集めた限られた情報しか持っていなかったが、マスコミよりもまだ先行していた。しかしながら、タイムズは、ロス市警の最新情報として、今回の大量殺人事件で逮捕者も容疑者も出ていない、と伝えていた。ロス市警は、国内および世界じゅうのほかのナイトクラブで起きている事件のようなテロリストの攻撃の可能性があるものとして今回の事件を見ていない、とタイムズは読者を安心させようと骨を折っていた。

バラードは、新聞社がブースで撃ち殺された三人の男の名前をまだ手に入れていないことにがっかりした。バラードが気になっていたのはその点だった。彼らは何者だったの？　あのブースでどんなまちがいが起こったの？

タイムズの配信記事を確認してから、バラードは電子メールを確認し、提出した報告書に関してオリバス警部補からなんの返事も来ていないのを目にした。どうやらバラードの書類は受け取られたようだ。気づかれずに見過ごされてしまったのでないかぎり。どちらにせよ、送信した電子メールのタイム・スタンプが、締め切りまでに報告書を提出しなかったとオリバスがクレームを付けてきたとしても、バラードを守ってくれるだろう。

ヴァンのブルートゥース接続を利用して、バラードはハリウッド長老派病院に電話をかけ、外科ＩＣＵの当直看護師に繋いでもらうよう頼んだ。ランドール看護師と名乗った女性が電話に出ると、バラードは自分の身分を明かした。つまり、自分のシリアル番号を伝えた。

「ラモナ・ラモネという名の暴行事件の被害者が昨晩、そちらに搬送されました。わたしがその事件に対応した刑事です。彼女は開頭手術を受けたんですが、彼女の状態を確認したいのです」

バラードは電話を保留にされた。ランドールが戻ってくると、ラモナ・ラモネという名の患者は当病院にはおりません、あなたは間違っているにちがいない、と言われた。

「そうですか」バラードは言った。「ちがう名前で確認してくれませんか？ ラモン・グチエレス。それが被害者の本名だと忘れていました」

ランドールはまた電話を保留にしたが、今回はずいぶん早くに戻ってきた。

「ええ、彼はここにいます。手術後、状態は安定しています」ランドールは言った。

「もう意識を恢復したかどうかご存知ですか？」バラードは訊ねた。

「その情報は患者の主治医から得てもらわなければならないものです」

「その主治医と連絡はつきますか？」

「いえ、いまはつきません。回診に出ておられます」

「ランドール看護師、わたしはこの犯罪を捜査しており、だれがグチエレス氏を襲ったのか突き止めようとしています。もし被害者が意識を恢復しているなら、いまこでやっていることをいったん棚上げして、彼と話しにいかねばなりません。もしまだ意識を恢復していないのなら、捜査を進める必要があります。この犯行をおこなった非常に危険な人物が市内にいるんです。ほんとにいまの簡単な質問に答えることでわたしに協力していただけないんですね？　彼は意識を恢復したんですか？」

長い沈黙があり、ランドールはルールを破るべきかどうか、判断しようとしていた。

「いえ、恢復していません。いまだに誘発昏睡状態です」

「ありがとう。彼女の容態を見舞いに家族か友人が来たかどうか、教えてもらえるでしょうか？　つまり、彼に」

「ここにはそれについてなにも記されていません。見舞いに来た家族の記録はありません。友人はＩＣＵに見舞いにくるのを認められません」

「ありがとう、ランドール看護師」

バラードは電話を切った。まっすぐハリウッド分署にいこうと決めた。

9

バラードは手持ちの仕事のスーツ全部を分署のロッカーに保管しており、毎晩、出勤してから着替えた。おなじカット、おなじスタイルで色と模様だけ異なる四着のスーツを揃《そろ》えていた。一度に二着ずつドライクリーニングに出すため、つねに一着のスーツと予備の一着が着られるようになっていた。自分のシフトがはじまるほぼ八時間まえに出勤して、バラードはお気に入りのグレーのスーツに着替えた。それに白いブラウスを合わせる。おなじように四枚の白いブラウスと一枚のネイビーのブラウスをロッカーに置いていた。

きょうは金曜日であり、ということは、バラードはひとりで働く予定になっていた。バラードとジェンキンズは週に七度のシフトをカバーしなければならず、バラードは火曜日から土曜日まで、ジェンキンズは日曜日から木曜日までを受け持ち、出勤が重なる日は三日間だった。休暇を取ると、ふたりに割り当てられたシフトは代理で埋められないのが通常だった。早朝の時間帯に分署の刑事の出動が必要になれば、だれかが自宅から呼びだされなければならなかった。

単独で働くのはバラードの性《しょう》に合っていた。パートナーに意思決定を委ねる必要がなかったからだ。この日、もしバラードの計画内容を知っていたら、ジェンキンズはなんとしても阻止しようとしただろう。だが、金曜日であるため、ふたりは次の火曜日までいっしょに働くことはなく、バラードは自由に自分の行動を決められた。

着替えを済ませると、バラードはロッカールームの流しに付いている鏡で自分の姿を確認した。陽に焼けてメッシュになっている髪の毛を指で梳《す》く。ふだん髪の毛を整えるのにやっているのはそれだけだった。塩水にしょっちゅう浸かり、永年陽に晒《さら》されることで、枝毛が多く、柔らかくてまとめにくい髪の毛になってしまい、必要に迫られ、顎より長くない長さにしていた。そうしたほうが日焼けした肌とよく合い、やや男っぽい見た目をつくりだし、同僚たちから迫られる頻度を減らしていた。オリバスは例外だった。

バイシンを数滴、塩水で充血した目に垂らした。そののち、準備が整った。休憩室に入り、キューリグでダブルのエスプレッソを淹れた。これから一晩じゅう、三時間弱の睡眠で活動することになるだろう。カフェインを蓄積しはじめる必要があった。

壁掛け時計に目を向けたままにする。午後四時少しまえに刑事部屋に到着したかったからだ。対人犯罪課の主任刑事も時計を見つづけていて、週末に向け、すばやく退勤しようと待ち構えているのがわかっていた。

少なくとも潰さねばならない時間が十五分あり、バラードは上の階にあがり、風俗取締課の隣にある囮捜査チームのオフィスに赴いた。重大麻薬取締課はダウンタウンの本部にあったが、各地域の分署は、機敏に動き、麻薬取引の多発地帯に関する市民からの苦情に対応する独自の麻薬取締部隊を動かしていた。バラードは囮捜査チームに配属された警官と限られたコネしかなかったので、いきなり入っていくことにした。当直の巡査部長が、シンシア・ハデルのボーイフレンド兼麻薬斡旋人《あっせん》に関し、バラードの持っている情報を受け取った。シンシアの父親からバラードが聞き取った名前は、ハリウッドのクラブ・シーンで動きまわっている三流の売人として、すでに自分たちのレーダーにかかっている、と巡査部長は言った。そいつは分署管轄内のあらゆる麻薬取引多発地帯で、ガールフレンドを働かせて——自分のために麻薬を捌《は》かして——いると巡査部長が言ったのを聞いて、バラードはいやな気分になった。ハデルはその事実を知っていたのか、それとも自分が唯一の恋人だと信じていたのだろうか、と思いながら、バラードはオフィスをあとにした。

午後三時五十分にバラードは刑事部屋に入り、作業拠点として使える場所を探した。昨晩使っていた机がまだ空であるのを見て、そこを使っている刑事は、早めに退勤したか、十時間四日勤務のスケジュールで働いていて金曜日はオフ日にしているのかもしれない、とバラードは思った。その場所を確保すると、バラードは部屋のなかに目を走らせ、対人犯罪課を構成する四つのデスクからなるポッドを見た。その課の主任であるマクシーン・ローランドの机を除いて、ほかの机は空だった。女性刑事は週末を迎えるため、ブリーフケースに荷物を入れているようだった。

バラードはぶらぶらと近づいた。タイミングは完璧だった。

「ねえ、マックス」バラードは言った。

「レネイ」ローランドは返事をした。「早いわね。裁判所に出頭するの？」

「いいえ、早くに出てきたのは、仕事をいくつか整理するため。昨晩起こった事件でそちらに渡すものがあったんだけど、〈ダンサーズ〉の一件が持ち上がって、なにもかも押しだしてしまったんだ」

「なるほど。どんな事件？」

「拉致と暴行。被害者は生物学的には男性のトランスジェンダー。サンタモニカ売春通りの駐車場で瀕死《ひんし》の状態で発見された。いまはハリウッド長老派病院で昏睡状態」

「クソ」

ローランドは週末への脱出口がいま塞がれたのを目にしていた。そしてそれがバラードの期待していたことだった。

「性的暴行はあったの？」ローランドが訊いた。

バラードは相手の考えていることがわかった——これを性犯罪課に押しつけるのだ。

「その可能性はきわめて高いけど、被害者は事情聴取されるまえに意識を失ったの」

「クソ」

「ねえ、わたしはその事件の書類を書きはじめるために出勤したところ。シフトがはじまるまえに何本か電話をかける時間があるだろうとも考えていた。あなたはここを出て、わたしに任せてくれるのはどうかしら？　わたしはあしたも出勤するので、週末をかけてこの事件を調べ、来週あなたに返せるんだけど」

「マジ？　もしまずいことになっても、あとで責任をかぶりたくないんだけど」

「そんなことしない。わたしが対処する。ずいぶん長いあいだレイトショーではどんな事件も捜査をつづけられなかったの。いくつか手がかりがある。最近、ブラスナックルがからんだ事件の記憶はない？」

ローランドは一瞬考えてから、すぐに首を横に振った。

「ブラスナックル……聞いた覚えはない」

「売春通りの拉致についてはどう？　彼女はどこかに連れ去られ、縛られたのち、連れ戻されている。二日ほど経ってからの可能性がある」

「なにもピンとこないけど、風俗取締課に話しにいったほうがいいんじゃない」

「わかってる。もしこの件を任せてくれるなら、次に立ち寄る先がそこ。逆さまの家はどう？　それがなにかを意味している？」

「どういうこと？」

「彼女がそう言ったの。パトロール警官に。救急車を待っているあいだ、彼女は一時的に意識を恢復した。逆さまの家で襲われたと言ってたんですって」

「ごめん。聞いたことがないな」

「いいわ、今回の事件に似たものがあなたの担当でほかにある？　売春通りで何者かが拉致されたとか？」

「考えてみないと。でも、すぐには思い浮かばないな」

「コンピュータで検索し、なにが出てくるか確かめてみるわ」

「で、自分で引き受けるってほんとなの？　うちの人間をふたり呼び戻すことができるわよ。連中は嬉しいとは思わないでしょうが、いまのは重要な手がかりでしょ」

「ええ、わたしが引き受ける。あなたは家に帰って。だれも呼びださなくていい。もしあなたが望むなら、週末にこの事件の最新状況を送るけど」

「正直な話、月曜日まで待てる。週末は子どもたちとサンタバーバラに出かける予定になってるの。心配ごとがなければないほど、好都合よ」

「わかった」

「この件でわたしに恥をかかせないでね、レネイ」

「そんなことしないと言ってるじゃない」

「けっこう」

「いい週末を」

ローランドはいつもぶしつけな物言いをするたちで、バラードは気を悪くしなかった。性犯罪に取り組んでいることで、繊細さが欠けてしまったのだ。

帰り支度をしているローランドをそこに残し、バラードは二階に戻ると、今度こそ風俗取締課に顔を出した。囮捜査の連中と同様、風俗取締課の警官は、出勤時間がずれており、だれかが出勤している保証はなかった。バラードはなかに入り、カウンターに身を乗りだして、巡査部長たちが座っている小部屋を覗きこんだ。運がよかった。ピストル・ピート・メンデスが机のひとつに座っており、サンドイッチを食べていた。そこにいるのは彼だけだった。

「バラード、なんの用だ？」メンデスは言った。「こっちへ来いよ」

いつものざっかけない挨拶だった。バラードは勝手知ったるハーフドアの解錠スイッチの在処《ありか》に手を伸ばし、なかに入った。小部屋に入っていくと、メンデスの机の向かいにある椅子を引きだした。

「ラモン・グチエレス」バラードは言った。「その事件のフォローアップに取り組んでいる。きのうの夜、ここの人間はその件でなにか聞いてない？」

「なにひとつ聞いてないな」メンデスは答えた。「うちはイースト・ハリウッドで作戦展開をしていたんだ。そこは、ドラゴンの客引き場所とはまったく別な場所だ」

「そうね。最後にあなたたちがサンタモニカ大通りに出張ったのはいつ？」

「一月ほどまえかな。あそこはずいぶんおとなしくなってきたから。だけど、ゴキブリみたいなもんだ。燻蒸《くんじょう》することはできるんだが、かならず舞い戻ってくる」

「売春のプロを引っかけ、痛めつける悪党についてなにか耳にしたことは？」

「しばらく聞いていないな」

「ラモネはブラスナックルで痛めつけられていた。犯人は嚙みつき癖もあった」

「嚙みつき魔はおおぜい把握しているが、ブラスナックルで頭に浮かんでくるのはいないな。その彼か彼女は助かりそうなのか？」

「まだわからない。いまのところ、ハリウッド長老派病院で昏睡状態に置かれているけど、金を払ってくれる患者ではないと病院が悟ったら、彼女はすぐ郡立病院へ転院させられるだろうな」

「そういうものだ。彼女だと？」

「ええ、彼女。ラモナに関するファイルを持っていたら、借りたいんだけど」

「ああ、取ってきてやろう。だけど、最後に確認したところでは、ラモン・グチエレスの名前でまとめられていたぞ。ほかにどんな情報を摑んでいる？」

「逆さまの家と呼ばれている場所を聞いたことがある？　ラモナは通報に最初に応じた巡査たちにそう言ったらしい」

ローランド同様、メンデスはそれについて考え、やがて首を横に振った。

「ここいらでうちが把握しているなかにはないな」メンデスは言った。「〈めまい〉という名の地下ボンデージ・クラブがある。さまざまな場所を転々としている」

「それじゃないと思うな」バラードは言った。「めまいは頭がフラフラするということであり、逆さまじゃない。それにこれはクラブでおこなわれているようなものじゃない。それよりずっと深刻なもの。今回の被害者は運よく生き延びたの」

「そうかい、ほかにはなにも思いつかないな。ファイルを探しにいかせてくれ」

メンデスは机から立ち上がり、バラードは座ったままでいた。メンデスがいなくなると、机の横にある掲示板に記されたスケジュールをバラードはじっと見た。風俗取締課は、ハリウッドのさまざまな場所でほぼ毎晩作戦行動を展開しているようだった。覆面警官を餌として配置し、セックスのため現金提供を申しでた男たちを逮捕していた。メンデスが言ったように、ゴキブリのようだった。けっしていなくならない存在だ。無料のセックスや有料のセックスと容易にコネクションをつけられるインターネットがあるのに、売春通りを廃れさせることはできなかった。つねに需要はそこにあった。

メンデスがグチエレスのファイルを探して、ファイル・キャビネットを開け閉めしている音が聞こえた。

「きのうの成果はどうだったの？」バラードは訊いた。

「ほぼゼロだ」メンデスは部屋の奥から答えた。「サンセット大通りのクラブでのあの事件が、人々を怖がらせて遠ざけたんだろう。一晩じゅう通りという通りにパトカーを走らせていたからな」

メンデスは机に戻ってきて、バラードのまえに一冊のマニラ・ファイルを落とした。

「それがうちで把握しているすべてだ」メンデスは言った。「コンピュータで検索すれば、一切合切引っ張ってこられただろうがな」

「ハードコピーが欲しかったんだ」バラードは言った。

バラードはいつでもコンピュータ・ファイルよりも紙のファイルのほうを好んだ。ハード・ファイルのほうにより多くの情報が含まれている場合が往々にしてあった。余白に手書きされたメモや、フォルダーに書き殴られた電話番号、事件現場の余分の写真。それはコンピュータ・ファイルではけっして得られないものだった。

バラードはメンデスに礼を告げ、事件でなにか進展があれば連絡する、と言った。メンデスは、ストリートに目を見開き、耳をかっぽじって注意しているよ、と言った。

「あんたがそいつを捕まえたらいいな」メンデスは言った。

一階に戻ると、自由に事件に取り組むまえにもうひとつ踏まねばならないステップがあった。刑事部を率いる警部補は、刑事部屋の奥の角にオフィスをかまえていた。その部屋は、大部屋に面した三つの窓があり、その窓越しにテリー・マカダムズ警部補が自分の机に座って仕事をしているのが見えた。自分の勤務時間帯のせいで、バラードは直属の上司の姿を何週間も見ないことがよくあった。マカダムズは通常、昼間八時から五時まで働いていた。部下の刑事たちよりも早く出勤し、一日の用意を整えておくのを好んでいるからであり、刑事部屋を出る最後の人間になりたがっていた。

バラードがオフィスのあいたドアをノックしたところ、マカダムズは彼女をなかへ招いた。

「ひさしぶりだな、バラード」マカダムズは言った。「昨夜は楽しいシフトだったそうだな」

「楽しいというのをどう考えるかによります」バラードは言った。「忙しい夜でした。それは確かです」

「ああ、当直記録で見た。〈ダンサーズ〉で大変な事態が起こるまえに、きみとジェンキンズは拉致事件に遭遇したんだな。だけど、それに関する書類は見てないぞ」

「なぜならその書類はないからです。そこのところを警部補とご相談したいんです」

バラードはラモナ・ラモネ事件の内容を要約し、数日間、この事件にくっついていというマクシーン・ローランドの許可を得たことも話した。手続き上は、マカダムズの許可を得てからはじめるべきだったが、管理職として、マカダムズはすでにしっかり手続きが済んでいる用件を提示されることを好んでいる、とバラードはわかっていた。そのほうがマカダムズの仕事を楽にするのだ。彼はたんにイエスかノーと答えればいいだけだった。

マカダムズは、きっと言うだろうとバラードにはわかっていた回答をした。

「わかった、引き受けろ。だが、きみの通常業務を妨げるようなことにならないようにしろ」マカダムズは言った。「もしそんなことになれば、問題が生じる。わたしは問題が好きじゃない」

「そんなことにはなりません、警部補」バラードは言った。「優先順位はわかっています」

警部補のオフィスを出ると、残っている刑事たちの少人数グループが、刑事部屋の奥の壁にかけられた三台のTV画面のまえに集まっているのを見た。画面は音声を消されているのが通常だが、男たちのひとりが中央画面の音量を上げ、五時のニュース時間のトップを飾った〈ダンサーズ〉発砲事件の報道を聞こえるようにしていた。

バラードはぶらぶらと歩いてその報道を見に近づいた。画面には、きょう早くにひらかれた記者会見の映像が映っていた。市警本部長が演壇に立ち、オリバスと、強盗殺人課指揮官のラリー・ギャンドル警部の両翼にはさまれていた。本部長は、〈ダンサーズ〉での発砲事件は、国内テロ行為ではない、とマスコミと市民を安心させようとしていた。大量殺人の正確な動機はまだわかっていないが、刑事たちは、激しい暴力の原因となった事情に迫ろうとしている、と本部長は言った。

ニュース報道は、担当のアンカーにカメラを戻し、彼女は、検屍局から被害者の氏名はまだ公表されていないが、9チャンネルが独自の情報源から摑んだ話として、被害者全員が発砲犯に意図的に狙われた的《まと》であったと考えられており、麻薬がらみの告発から強請《ゆすり》や暴行の罪まで幅広い前科の持ち主だったと伝えた。

そこでアンカーは次のニュースに切り換えた。これも別のロス市警記者会見を扱ったもので、ロサンジェルス港で人身売買に関わった犯人の逮捕を伝えていた。東ヨーロッパから誘拐されてきた若い女性たちを運ぶのに用いられた貨物コンテナが、ことし初頭に捕捉されたものだった。輸送用コンテナの寒々とした内部と、被害者たちが安全な場所に揃って案内されている際に水を提供し、毛布を体に巻いてやっている救援隊員たちの姿を映す映像ファイルが流れた。次に手錠をはめられた男たちが一列に並び、刑事たちに付き添われ、護送バスを降りて歩いている新しい映像が加わった。

だが、そのニュースはハリウッドとは無関係であり、リモコンを手にしている刑事は興味を失った。彼は消音ボタンを押した。だれも反対せず、画面のまわりのグループはだれもがそれぞれのポッドに戻ったり、週末に向けて分署を出ていったりして徐々に散開していった。

自分の机に戻るとバラードはメンデスに貸してもらったファイルに目を通した。三年まえに遡る複数の逮捕記録があり、ラモナ・ラモネの容姿が性別の移行をするにつれて変貌していくのを明らかにしている逮捕写真も添付されていた。眉の形のように化粧の変化だけではなかった。正面と側面の写真から、彼女の唇がふっくらとしたものになり、喉仏をそぎ落としたことが明らかだった。

ファイル・フォルダーの内側にクリップ留めされている三枚のシェイク・カードがあった。このカードは、パトロール警官あるいは風俗取締課の警官が売春通りにいるラモネを呼び止め、なにをしているのか訊問《じんもん》した際に書きつけた手書きのメモが記載されている三×五インチ（縦七・六横十二・七センチ）大の紙だった。おおやけには、職務質問《フィールド・インタビュー》あるいはFIカードという名前だったが、シェイク・カードと呼ばれているほうが多かった。アメリカ自由人権協会が、警察が疑わしいと考える人民を令状なしで職務質問するのは、実際には暴力的強要《シェイクダウン》であると繰り返し非難していたからだった。ヒラの警官たちはその表現を受け入れ、疑わしい人物を呼び止め、職務質問をし、彼らの人相やタトゥ、ギャング加入の有無、頻繁に出入りする場所を書きつけるという慣行をつづけた。

ラモナ・ラモネについて記されたカードは、だいたいおなじ内容であり、含まれている情報はたいていバラードがすでに知っている情報だった。メモの一部は、ラモネについてというより、職質にあたった警察官の性格をより明らかにしていた。ある巡査は、こう記していた――**なんてこった、こいつは男だ！**

それらのカードから摑みとった有益な情報は、グチエレス／ラモネは運転免許証を持っておらず、それゆえに検証可能な現住所を持っていないということだった。公の報告書では、たんに逮捕がおこなわれた住所を記しているのみで、たいていはサンタモニカ大通りだった。だが、職質の際、彼女は二度、ヘリオトロープにある住所を伝えていた。三番目のカードには、**トレイラーに住み、ハリウッド分署管轄内を動きまわっている**と記されていた。この情報は有益であり、バラードはメンデスに会いにいってよかったと思った。

ファイルとラモネの背景に関する検討を済ませ、バラードはコンピュータ端末を起動させ、作業にとりかかり、容疑者を捜した。計画では、小さいところからはじめて、大きく手を広げるつもりだった――ラモネへの暴行に類似した地元の事件を調べる。もしなにも見つからなかったら、コンピュータ検索範囲を拡大し、カリフォルニア州で同様の事件を調べ、次に全米、さらに全世界へ広げるつもりだった。

市警のコンピュータ・アーカイブに取り組むのは、ひとつの芸術形態だった。公式には、このシステムはDCTSと呼ばれていた――刑事担当事件追跡システム《ディテクティヴ・ケース・トラッキング・システム》。検索パラメーターにまちがった入力をすれば、〝記録なし〟という結果が容易に生じた。たとえデータのどこかにかなり合致している事件があったとしてもだ。バラードは事件の細部を並べた短いリストをこしらえた。該当項目が出るまで項目の出し入れを繰り返すつもりだった。

トランスジェンダー

嚙みつき

ブラスナックル

縛り

売春

サンタモニカ大通り

バラードはそれらの言葉を入力し、アーカイブのなかのすべての事件を調べたところ、すぐに〝記録なし〟が返ってきた。「サンタモニカ大通り」を削除して、ふたたび検索したが、おなじ結果だった。検索をつづける。単語を落とし、さまざまな組み合わせを試み、バリエーションを加える。たとえば、「縛り」の代わりに「緊縛」と「縛りつけ」を使ったり、「売春」の代わりに「エスコート」を使ったりというふうに。だがどの組み合わせでも該当するデータはなかった。

いらだち、三時間足らずの睡眠の影響を感じはじめながら、バラードはワークステーションから腰を上げ、刑事部屋のすっかり人けのなくなった通路を歩きはじめ、血行をよくしようとした。カフェイン過剰摂取の頭痛を避けたかったので、もう一杯コーヒーを飲むために休憩室へいくのはがまんした。一瞬、音を出していないTV画面のまえに立ち、ロスに向かってくる嵐の気配は示していない天気図をまえにした男性を眺めた。

市の外へ検索範囲を広げる頃合いだとわかっていた。そうすると、自身の事件に関係があるかもしれない遠方の事件を追いかけようとして膨大なデスクワークが必要になってくるだろう。それは骨が折れる長時間の仕事になるだろうし、その見こみは気力をくじくものだった。バラードは机に戻り、ハリウッド長老派病院にまた電話をかけ、たまたま、奇跡的に事件の被害者が意識を恢復して、事情聴取に応じられるようになっているかどうか確かめた。

だが、変化はなかった。ラモナ・ラモネはまだ誘発昏睡状態に置かれたままだった。

バラードは電話を切り、データバンクで当たりを引くことのなかった事件の関連項目リストを眺めた。

「キーワードだよ、わたしの馬鹿」バラードは声に出して言った。

バラードはもう一度角度を変えて試してみることにした。

カリフォルニア州は、ブラスナックル——あるいは法令集に言及されている表現では、メタルナックル——の所持を違法にしている全米で四州しかないうちの一州だった。ほかの州では、年齢制限と、犯罪遂行にその使用を禁じる法律があったが、カリフォルニア州では、例外なく違法の存在であり、その法を犯せば、重罪として告発されえた。

バラードはロス市警のデータ・アーカイブでもう一度検索をおこなう入力をし、過去五年間のすべての事件のなかで、重罪と軽罪とを問わず、ブラスナックル所持を理由にした逮捕が関わっているものを調べた。

個別に十四件の事件がヒットした。バラードが刑事としての十年間のキャリアのなかで取り組んだり、あるいは知り得たりした事件のなかでほとんど出てこなかった武器であるだけに、驚くほど多い件数だった。

バラードは壁掛け時計を確認し、要約報告書のなかに自分の事件の手口に少しでも関係しているものがあるかどうか確かめようと、それぞれの事件の膨大な記録を引っぱりだす作業をはじめた。大半の事件がロサンジェルス南部でのギャングがらみの逮捕に関係していたため、すばやく取捨選択できた。その地域では、ブラスナックルは、それが違法の存在であることをおそらく知らないであろうギャング構成員が火器の代わりにしていたようだった。

ポン引きやギャングの用心棒がメタルナックルの所持容疑で逮捕されたほかの事件があった。彼らがその武器を意図的に使用していたのは明白だった。と、そのとき、三年まえの事件に出くわし、たちまち関心を惹かれた。

トーマス・トレントという名の男が、ヴァレー管区の風俗取締課にブラスナックル所持の容疑で逮捕されていた。その事件は、バラードの以前のキーワード検索では浮かび上がってこなかった。組み合わせに用いたほかの単語がいずれも出てこなかったからだ。トレントは一回だけブラスナックル所持の罪で告発されており、ほかにはなにも出てこなかった。

しかしながら、それは風俗取締課の担当事件だった。その矛盾が最初にバラードの目をとらえた。その事件のデジタル・ファイルを引っぱりだすと、当時三十九歳だったトレントは、セプルヴェーダ大通りのモーテルでの囮捜査で逮捕されたのがわかった。要約報告書では、トレントはシャーマン・ウェイ近くにあるタリホ・ロッジで客室のドアをノックしたと記されていた。そのモーテルに、風俗取締課は、服従的なプレイを受け入れる未成年のラテン系男性のふりをした警官とオンラインで繋がっていた男たちを送りこんでいた。トレントはモーテルで会う約束をしておらず、風俗取締課の警官たちはオンラインでの会話に参加していた男たちのだれともトレントを結びつけられなかった。

風俗取締課では、トレントがおそらくオンラインでの求愛者のひとりであろうと思っていたが、その証拠を手に入れておらず、未成年者教唆での告発ができなかった。だが、トレントのポケットにブラスナックルを見つけたとたん、オンラインの囮捜査と彼を結びつける必要もなくなった。危険な武器を所持していた重罪容疑でトレントは逮捕され、ヴァンナイズ拘置所に入れられた。

要約報告書には、トレントを逮捕した覆面警官をシリアル番号でしか載せていなかった。バラードは刑事部屋のプリンターにその報告書を送りこみ、机の電話を手に取ると、市警の人事部を呼びだした。風俗取締課のシリアル番号を持つ警官の名前はすぐに手に入った。警官はホルヘ・フェルナンデスであり、まだヴァレー管区の風俗取締課に所属していた。バラードはヴァレー管区の風俗取締課へ電話をしたが、フェルナンデスは非番だと言われた。バラードは自分の携帯電話番号を伝え、何時でもかまわないので折り返し電話をかけてくれとのフェルナンデス宛のメッセージを残した。

次にバラードはオンライン記録にさらに深く潜りこみ、トレント事件の抜粋記録を取りだした。逮捕されたのち、トレントは地区検事局と交渉して、危険な武器の所持という軽罪には不抗争の答弁をし、五百ドルの罰金を払い、三年間の保護観察処分を受けたことをバラードは知った。その司法取引は、刑事調停プログラムの一部であり、もしあらたに逮捕されることなく保護観察期間を満了すれば、犯歴を取り消されるのをトレントに許すというものだった。

裁判所記録では、トレントの自宅住所はスタジオ・シティのライトウッド・ドライブと記されていた。その住所をＧｏｏｇｌｅに放りこんだところ、ライトウッド・ドライブがサンタモニカ山脈の北側斜面にあるマルホランド・ドライブを少し下ったところにあることを示す地図が出てきた。ストリートビューの機能をクリックして呼びだし、その住所にあるのが現代的ランチハウスのように見える建物であるのを知った。車二台が出入りできる車庫が備わっていた。だが、画面上の地図から、その家が山のなかにあり、建物は道路から下る斜面に沿って一層ないし二層に広がっている可能性が高いとわかった。丘陵地帯にある数多くの住宅のきわめて典型的なデザインだった。上の階には共有部がある——キッチン、ダイニング、リビングなどなど——一方、下の階には寝室が含まれている。階段があり、あるいはなかには下の階に降りていくエレベーターを備えつけている場合もあるだろう。

そうした山の斜面に合わせたデザインに慣れていない人間は、その手の家を奇妙だと思う可能性がある、とバラードは悟った。なぜなら寝室が下の階にあるからだ。そうすると、トレントの住宅は、逆さまの家と見なされうるかもしれなかった。

それを悟ってバラードの血流にアドレナリンが一気に分泌された。コンピュータ画面にさらに近寄り、トレントの逮捕手続き時の写真と逮捕記録を吟味した。その報告書にある個人情報では、トレントはヴァンナイズ大通りにあるアキュラ販売店に勤務する車のセールスマンだった。その時点でバラードの心に最初に浮かんだ疑問は、車のセールスマンがどうやって丘陵地帯に家を構えられるんだろうというものだった。その地域の住宅価格は優に七桁からはじまるはずだ。

バラードは公的記録を扱う異なる検索サイトに切り換え、トレントの氏名と生年月日を入力した。まもなく逮捕の七ヵ月後に起こった婚姻解消の記録を目にしていた。ベアトリス・トレントは、離婚申請において和解しがたい不和を主張しており、トレントはその申し立てに抗弁しなかったようだ。三年間の婚姻関係は解消された。

二〇一一年に起こされた訴訟記録もあった。アイランド・エアという会社とその保険会社を相手どった人身傷害の訴訟で、トレントは原告だった。記録では、提訴しか載っていなかった――ロングビーチのヘリコプター墜落によって負った障害に対するものだった――だが、訴訟の結果は載っていなかった。訴訟が裁判にいくまえに解決したことを意味するのだろう、とバラードは思った。

バラードはそうした報告書をすべてプリントアウトすると、机の電話を手に取り、トレントが勤務している自動車販売店にかけた。バラードはトレントを名指ししたところ、電話は転送された。

声がした。「こちらはトムです。どんなご用でしょう?」

バラードはためらったのち、電話を切った。壁掛け時計に目をやり、午後六時を過ぎたばかりであり、ラッシュアワーのまっただなかであるのを確認した。ハリウッドからヴァレー地区へ向かえば、みじめなほどの渋滞に捕まるだろう。

先方に到着するころまでトレントが働いている保証はなかった。だが、バラードは試してみることにした。トレントという男を一目見たかった。

10

トーマス・トレントが働いているアキュラ販売店は、ヴァレー地区の中心に向かうヴァンナイズ大通りの北側に長く伸びて並ぶ、数多くの競合する自動車販売店列の末端にあった。バラードがそこにたどり着くのにおよそ一時間かかった。自分のヴァンでそこへ向かった。というのも、自分とジェンキンズに割り当てられている乗用車は、赤ん坊のウンチのような茶色い塗装、実用本位のホイールキャップ、フロントグリルとうしろの窓に非常灯が付いていて、大声で**警察！**と叫んでいるような代物だったからだ。バラードの目的は、トレントを一目見て、どんな人間か読みとるだけであり、警察が関心を寄せていると彼に警戒心を抱かせることではなかった。

バラードは三年まえにトレントが逮捕されたときの顔写真を自分の携帯電話にダウンロードしており、それを画面上に呼びだした。ヴァンナイズ大通りの路肩に車を寄せて停め、顔写真をしげしげと眺め、そののち新車と中古車展示場に目を走らせた。

顔写真と一致する人物はいなかった。販売店の屋内ショールームにいる可能性はあったが、販売ブースは、奥の壁に沿って並んでいるようだったため、角度的にそこにいるかもしれない社員の姿は見えなかった。バラードは自動車販売店の代表番号に電話をかけ、再度トレントを呼びだしてもらった。たんにきょう帰ってしまっているのではないことを確認するために。トレントはまたしてもおなじように電話に出た。だが、今回、バラードは電話を切らなかった。

「こちらはトムです。どんなご用でしょう？」

トレントの声にはセールスマン特有の自信があふれていた。

「そちらへいってRDXを見たいんですけど、この渋滞じゃ、そこにいくのにしばらくかかるかもしれません」バラードは言った。

バラードはあらかじめ展示場の出入り口近くの台に乗っているSUVのウインドシールドから車種名を読み取っていた。

「心配ご無用です！」トレントは声をはりあげた。「今晩閉店までぼくはここにいます。お名前を伺わせてください」

「ステラ」

「では、ステラ、お買い上げですか、それともリースですか？」

「購入よ」

「では、あなたは運がいい。今月、うちでは一パーセントの購入割引をおこなっているんです。ご購入に来られますか？」

「あー、いいえ。たんに買うための下見を考えているの」

ショールームのガラス越しにバラードは、奥の壁沿いブースのひとつからひとりの男が立ちあがったのを見た。コード付き受話器を耳に押し当てている。片方の腕をブースの間仕切りの上に置いて、受話器に話しかけていた。

「そうですね、ご希望に合わせて、うちは対応致します」トレントは言った。

ショールームにいる男が同時におなじ言葉を口にしたのをガラス越しに確認する。あれがトレントだ。セプルヴェーダ大通りでの逮捕のときから外見が多少変わっていたが。いまは頭を剃《そ》り上げ、眼鏡をかけていた。見える範囲から判断したところでは、体も鍛え上げているようだった。半袖のドレスシャツの生地が肩のところで伸びており、ネクタイは結んでいるものの、シャツのトップボタンをはめるには首が太すぎるようだった。

そのとき、バラードはなにかを目にし、急いで中央コンソールの収納箱に手を伸ばした。小型の双眼鏡を取りだす。

「で、いつごろ到着しそうですか？」トレントは訊いた。

「そうねぇ……」バラードは口ごもった。

バラードはひざに携帯電話を置き、双眼鏡で見た。焦点を結び、トレントをはじめてじっくり見た。耳に受話器を当てている手の指関節部分《ナックル》に沿って傷があるように見えた。

バラードは電話をふたたび手に取った。

「二十分かな」バラードは言った。「二十分後にお会いしましょう」

「わかりました」トレントは言った。「RDXを動かせるようにしておきます」

バラードは通話を終え、ヴァンを発進させると、路肩から離れた。

バラードはヴァンナイズ大通りを二ブロック分、北に進んでから右折し、第二次大戦時代の家が建ち並ぶ地域に入った。明かりがまったく灯っていない家の正面に車を停めると、ヴァンの後部へ潜りこんだ。銃とバッジとローヴァーを外して、ホイール・ウェルに溶接した金庫に仕舞った。ショルダーバッグから財布を取りだし、それもおなじように金庫に仕舞った――自動車販売店でなにが起ころうと、トレントに運転免許証を渡す気はなかった。すでに偽名を伝えており、本名あるいは現住所を知られる危険を冒すつもりはなかった。

次にすばやくスーツを脱ぎ、ジーンズに穿き替え、ブラウスとジーンズという服装に着替えた。ジーンズはゆったりとしたスタイルで、目立たせずにアンクル・ホルスターに予備の拳銃を装着できた。

ランニングシューズを履き、運転席に戻る。自動車販売店に引き返し、今度は出入り口を通り抜け、ショールームの正面に車を停めた。

車から降りないうちに銀色のホンダＲＤＸがヴァンのうしろにスルスルと近づいてきて止まった——セールスマンのトリックだ。こうされるとバラードは出ていけなくなる。バラードがヴァンから降りると、トレントは笑みを浮かべ、バラードを指さしながら降りてきた。

「ステラ、だね？」

確認を待たずにトレントは片手を上げて、ＲＤＸを紹介した。

「そしてこれが彼女」

バラードはヴァンのうしろに近寄った。ＲＤＸに目を向けるが、実際に望んでいたのはトレントを見ることだった。

「いい車ね」バラードは言った。「ここにあるのはこの色だけ？」

「いまのところは」トレントは言った。「だけど、お望みの色があるならなんでも用意しますよ。遅くとも二日後に」

バラードはトレントを見て、手を差しだした。

「ところで、ご挨拶を」バラードは言った。

トレントはバラードの手を取った。握手をしながら、バラードは相手の手を強く握った。その手のナックルに圧力を確実にかけるようにしつつ、トレントの顔に注目する。トレントはセールスマンの笑みをけっして失わなかったものの、頬に痛みを感じたひくつきが起こるのを見た。怪我《けが》は最近のものだった。正しくはめないとブラスナックルは利用者の手を容易に傷つけ、怪我を負わせるものである、とバラードは知っていた。

「試乗してみます？」トレントは訊いた。

「もちろん」バラードは答えた。

「よかった。あなたの運転免許証と自動車保険のコピーを取らせていただくだけでいい」

「問題ないわ」

バラードはショルダーバッグをあけ、なかを探しはじめた。

「ああ、嫌だ」バラードは声を上げた。「オフィスに財布を忘れてきちゃった。〈スターバックス〉のお金を払うのがわたしの番で、きっと机に財布を置き忘れたんだ。ああ、嫌になる」

「問題ありません」トレントは言った。「このRDXに乗って、あなたのオフィスまでいきませんか？　そうすればコピーを取って、帰りはあなたに運転してもらえるでしょ？」

バラードは相手がそう提案してくると予想しており、この偽装工作での返事も考えていた。

「いえ、うちのオフィスはウッドランド・ヒルズにあり、わたしはハリウッドに住んでるの」バラードは言った。「それだと時間がかかりすぎる。わたしの妻はもう食事にでかけるのを待っているの。金曜日は外で食事をすることにしているの」

「あなたの――」トレントはそう言いかけて、途中で気づいた。「あー、そうですね……」

トレントはだれかを探しているかのようにガラス越しにショールームに目をやった。

「こうしましょう」トレントは言った。「もし短い距離の試乗をご希望なら、今回、ルールに例外を設けましょう。そのあと、あしたの用意を整え、あなたは身分証明書と自動車保険と……小切手帳を持って戻ってきてもらえばいい。どうでしょう？」

「わかりました。でも、この車が欲しいのかというと、そんなに自信がないな」バラードは言った。「それにシルバーも好きじゃない。白い車が希望だったの」

「日曜までに、遅くとも月曜日には白をご用意できます。それはともかく、出発しましょう！」

トレントは走っているかのように腕を前後に振り、すばやく車をまわりこんで助手席側へ移動した。バラードはステアリング・ホイールのまえに座り、車をヴァンナイズ大通りに出すと、北へ向かった。

トレントの指示でバラードはシャーマン・ウェイにたどり着くまで北上し、そこで西へ折れて405号線に向かった。そこからフリーウェイに入って、バーバンク大通りの出口まで進み、ヴァンナイズ大通りに戻れる。長方形を描いて運転することで、郊外とフリーウェイでの車の乗り心地を試せるだろう。バラードはそのルートをたどるとセプルヴェーダ大通りを二回横断するのをわかっていた。トレントが三年まえに逮捕された通りを。

トレントの計画は405号線に行き当たったときに問題にぶち当たった。夕方の帰宅者によってそこはまだ事実上の駐車場になっていた。ヴァノーウェン・ストリートで早めに高速道路を降りる、とバラードは言った。その時点までの会話のほとんどは、ＲＤＸと、バラードが車に求めているものについてだった。バラードはいくつかの質問の答えで妻に言及して、トレントが同性カップルを問題にするかどうか読み取ろうとしたが、相手はその餌には食いついてこなかった。

ヴァノーウエン・ストリートで高速道路を降りると、バラードはセプルヴェーダ大通りで南に折れた。そこはヴァンナイズ大通りと並行に走っている通りで、バラードが意図的にルートを変えたようには見えずにタリホ・ロッジのそばまでいくようになった。

その地域には雑然とした商店街やガソリンスタンド、小型スーパー、安いホテルが並んでいた。風俗取締課の作戦行動の主たる展開地域だった。運転しながらバラードは歩道に目をやったが、出歩いている街娼《がいしょう》を引っかけるにはまだ夜が早すぎた。ヴィクトリー大通りを横断したのち、信号で停まると、バラードはその時間を利用して、あたりを眺め、意見を言った。

「こっちのほうがこんなに危なっかしいなんて知らなかったな」

トレントはまるでここをはじめて目にしたかのように見まわしてから発言した。

「ええ、このあたりは夜になるととても治安が悪くなると聞いてます」トレントは言った。「ポン引きやドラッグの売人たち。あらゆる種類の街娼たち」

バラードは嘘の笑い声を上げた。

「たとえばどんな？」バラードは訊いた。

「驚きますよ」トレントは言った。「女性の格好をした男たち、元は男だった女たち。想像の限界を越えたありとあらゆるおぞましいものがさまざまにあります」

バラードは黙りこんだ。トレントは自分が車の販売を危険に晒したかもしれないのを悟ったようだった。

「人を偏見に基づいて判断するわけじゃありません」トレントは言った。「つまり、人の好みはさまざまで、干渉せずに生きていこうぜ、です」

「わたしもそう思う」バラードは言った。

試乗が終わると、バラードは、購入を検討してみる、一日か二日したら連絡する、とトレントに伝えた。トレントはショールームに入り、自分の机まで来てください、顧客情報シートに記入できるように、と言った。バラードは、もう夕食に遅れている、と言って断った。バラードはまた手を差しだし、相手が手を握ってくると親指と人指し指に力をこめ、トレントをはっとたじろがせた。バラードは相手の手首を軽くひねり、手を見て、まるではじめて傷に気づいたようなふりをした。

「あら、ごめんなさい！　怪我をしているなんて知らなかった」

「だいじょうぶです。ただの軽い傷です」

「なにがあったの？」

「話せば長くなりますし、聞いてもらうだけ無駄です。むしろ、どうやってあなたに新しいＲＤＸに乗ってもらうかについてお話ししたいです」

「まあ、その検討をして、ご連絡します」

「あの、実を言うと、うちの上司は、成約見込みを文書にしろとうるさいんです。正直言って、それが成績査定に組みこまれるんですよ。この車の成約見込みが高いと伝えられるよう電話番号を教えてもらえないでしょうか？　そうしないと、免許証と自動車保険を確認しなかったと上司にネチネチいびられかねない」

「えーっと……」

バラードはその提案について考え、問題にならないだろうと判断した。トレントには電話番号から本名をたどれないだろう。

バラードは電話番号をトレントに伝えた。トレントはそれを自分の名刺の裏に書きつけた。そののち、なにも書かれていない名刺をバラードに渡した。

「すてきなデートの夜を、ステラ」

「ありがとう、トム」

バラードが駐車場所からバックでフォードを出すと、トレントは展示場に立ち、彼女が出ていくのを見つめた。親しげに手を振って見送る。バラードはヴァンナイズ大通りを北上し、さきほど駐車していたのとおなじ通りのおなじ場所に戻った。手帳を取りだし、トレントとの会話を思いだせるかぎり、書きつけた。会話が終わった直後にその場で取ったメモは、かなりあとで書いたメモよりも法廷では重要性を増した。トレントとの身分を隠したうえでの出会いが、最終的に訴因の一部になるかどうかわからなかったが、そうするのが賢明だとわかっていた。

手帳を仕舞うと、バラードはヴァンの後部へ這いずりこみ、銃とバッジとローヴァーを取り戻した。ハリウッド分署に到着したときに仕事のスーツに着替えたらいいと判断する。運転席に戻ると携帯電話が鳴った。818の市外局番からかかってきた電話であり、バラードは出た。トレントからだった。

「ここでコンピュータを見ていたら、『ステラ』トレントは言った。「白のRDXを手に入れられるのがわかりました。あちこちにありましたよ――ベイカースフィールド、モデスト、ダウニー、選択肢はたくさんある。いずれの車もフル装備で、後方確認用カメラ付き、あらゆる機能満載です」

偽の電話番号でごまかされたかどうか確認するためだけに電話をかけてきたんだろう、とバラードは推測した。バラードが気乗り薄な様子だっただけに。

「わかりました、そうね、考えさせて」バラードは言った。

「いますぐ在庫の車の一台を押さえなくていいですか？」トレントは訊いた。「そうすれば終業間際のディスカウントを受けられます。分割払いの頭金を五百ドル値引きします、ステラ。その金を使って、カスタム・ドアマットの注文や、天井の内張《うちばり》のアップグレードが可能です。ほかにもたくさんの――」

「いえ、トム、まだそんな段階じゃないわ」バラードはきっぱり言った。「考えてみると言いました。あしたか日曜日にこちらから連絡します」

「わかりました、ステラ」トレントは言った。「じゃあ、ご連絡があるのをお待ちします」

電話は切れた。バラードはエンジンをかけ、路肩から離れた。南の山脈に向かって進みはじめる。ダッシュボードの時計を確認する。もしトレントが午後十時の終業まで自動車販売店で働くのであれば、自宅にたどり着くまであと二時間はあるだろう。それだけあればバラードが計画していることをおこなうのに充分だった。

11

バラードはライトウッド・ドライブを二ブロックほど進んだところにあるマルホランド展望台でヴァンのなかに座っていた。空気の澄んだ夜で、ヴァレー地区の街明かりがはるか北のほうまで無限に広がっていた。ローヴァーのスイッチを入れ、ノース・ハリウッド分署の警察無線周波数に合わせた。長く待つにはおよばなかった。一本の無線要請が全パトロール・チームへ発せられ、ライトウッドで住居侵入の窃盗犯が出た可能性がある、と告げられた。一組のパトロール・チームがその要請を受け、その事件を通報した人物と落ち合う場所を訊ねた。通信指令係は、本人の身元を明らかにするのを拒んだ通りすがりの女性バイク乗りからの通報である、と言った。

それから三十秒経過し、バラードは自身のローヴァーに話しかけた。ハリウッド分署の刑事であると名乗り、当該地域におり、いまの要請に応じると伝えた。通信指令係はその情報を応対しているパトロール・チームに伝えた。パトカーの警官は、近くに友軍がいると知るわけだ。ついで通信指令係は、航空隊に派遣要請をし、当該丘陵地帯上空を飛んで、強力なスポットライトで照らすよう求めた。

バラードは展望台から車を発進させ、ライトウッドへ向かった。急勾配の道路を下っていき、最初のカーブを曲がったところで、一台のパトカー——青い非常灯を灯していた——が、一ブロック先に停止しているのを見た。バラードは近づいていきながらヘッドライトを点滅させ、パトカーの横に並んで停車した。ふたりの警官が外に出ようとしていた。マイカーに乗っていたので、バラードは窓からバッジを掲げ、自分が警官であることを確認できるようにした。ふたりの警官はノース・ハリウッド分署の人間であり、ふたりともバラードと面識はなかった。

「やあ、どうも」バラードは言った。「たまたま通りかかったら、あの無線連絡を聞いたの。手伝いが必要かしら、それともあなたたちで対処済み？」

「対処すべきものがなんなのかわかっていないいんだ」巡査のひとりが言った。「だれが通報したにしろ、そいつは姿を消してしまった。どこにそのこそ泥が入ったかも正確にはわかっていない。いたずら電話かもしれない」

「かもね」バラードは言った。「だけど、わたしは少し時間がある。車を停めるわ」

バラードはパトカーのうしろに停車し、片手に懐中電灯、反対の手にローヴァーを持って、降りた。自己紹介を終えてから、バラードは進んで先に立ち、家々の玄関ドアをノックし、家の様子を確認することにした。ふたりのパトロール警官は警戒しながら通りの様子を窺うことになった。双方が別れたとたん、一機のヘリコプターが山の尾根を越えて飛んできて、通りに照明を当てた。バラードはヘリに向かって懐中電灯を振ると、通りを進んだ。

トーマス・トレントの家はバラードが三番目にやってきた家だった。室内に外から見える明かりは灯っていなかった。バラードは金属製の懐中電灯のグリップを使って、ドアを激しく叩いた。待つ。だれも出てこない。再度ノックをし、家にだれもいないことを確信すると、通りに引き返し、侵入された形跡がないか確かめているかのようにその家の正面を懐中電灯の光でさっと払った。

バラードは横を向いて、通りを見やった。ライトウッド・ドライブの反対側にいるふたりのパトロール警官の懐中電灯が見えた。彼らはバラードから遠ざかる方向で家々を確認していた。ヘリはバンクして遠ざかり、丘陵のカーブに沿って飛びながら、家並みの裏手に照明をあてていた。バラードはゴミ箱が置かれている凹所と、その奥に門があるのを見た。そのゲートがトレントの家の側面を降りていく階段へのアクセスを塞いでいるとわかった。条例で、火事あるいはほかの緊急事態が生じた場合に備え、住宅への第二のアクセス手段を有することが、山の斜面に建てられた住宅に義務付けられていた。バラードはすばやくゴミ箱を動かし、トレントがゲートに錠をかけているかどうか確かめたところ、錠はかかっていなかった。バラードはゲートをあけ、階段を下りはじめた。

ほぼ同時にバラードの動きは動作感知ライトを作動させ、階段が照らしだされた。バラードは片手を上げて光を遮り、一瞬目が見えなくなったふりをした。伸ばした指のあいだから上を見て、監視カメラが家の外部に設置されているかどうか確認した。なにも見当たらず、バラードは手を降ろした。自分の姿が録画されていないことに満足して、バラードは階段を下りつづけた。

その階段には家の二層に合わせた踊り場があり、建物の裏に沿って設置されたデッキへ通れるようになっていた。バラードは一階のデッキに足を踏み入れ、そこにアウトドア用家具とバーベキュー・グリルが備わっているのを見た。四枚の引き戸があり、確認してみたところ、いずれも錠がかかっていた。光線をガラスに向けたが、引き戸の向こうでカーテンが引かれており、室内の様子は見えなかった。

バラードはすぐに階段に戻り、いちばん下の階へ降りた。そこのデッキはかなり小さく、引き戸は二枚しかなかった。ガラスに近づくと内部のカーテンは一枚の引き戸の途中までしか引かれていなかった。バラードはその隙間に懐中電灯の光を向け、この部屋にはほとんど家具がないのを見た。中央に垂直に背もたれがついている木の椅子が一脚あり、隣に小さなテーブルがあった。室内にはほかになにもないようだった。

室内に向けて光線を横に払っていると、閃光に一瞬驚いたが、右側にある壁全面が鏡張りになっているのに気づいた。目にしたのは自分自身の懐中電灯の光だった。

バラードは引き戸を試してみたところ、錠がかかっていないのに気づいたが、引きあけはじめたところ、その引き戸はふいに動くのを止めた。懐中電灯の光を下に向け、引き戸のレールを照らすと、引き戸が外側からひらかれるのを防ぐため、内側のレールに先を切り落とした箒《ほうき》が置かれているのが見えた。

「クソ」バラードは声をひそめて毒づいた。

パトロール警官たちがこちらの様子を窺いに引き返してくるまであまり時間がないのがわかっていた。いま一度、横に払うように懐中電灯の光で室内を照らし、部分的にあいている引き戸から室内の奥側がよりよく見える位置にデッキの上を移動した。隙間から廊下と上の階に繋がっている階段の一部が見えた。階段の横の小さなアルコーブの床に四角い形があるのに気づく。建物のユティリティ・プラットフォームに繋がっている落とし戸かもしれない、とバラードは思った。

　バラードはデッキの端まで歩いていき、手すりの下へ明かりを向けた。光線はエアコンの室外機が置かれている下のプラットフォームを照らした。この家の下から室外機へアクセスする方法があるにちがいない、とバラードは悟った。

「なにか見つかったかい？」

　バラードは手すりからクルッと振り返った。パトロール警官のひとりが階段を降りてきていた——ふたりのうち年上のほう、袖に四本の年功記章がついているベテラン警官だ。名前はサッソだった。サッソは懐中電灯の光をバラードに当てた。

　バラードは片手を上げて、その眩《まばゆ》い光線を遮った。

「止めてもらえる？」バラードは頼んだ。

　サッソは懐中電灯を下げた。

「すまんね」サッソは言った。

「いえ、気にしないで」バラードは言った。「あそこのゲートがあいていたので、何者かがここに降りてきたのかもしれないと考えたの。だけど、ここにはだれも住んですらいないみたい」

　バラードは懐中電灯の光をガラス戸に向け、室内に椅子とテーブルしかないことをあらわにした。サッソはおなじように懐中電灯を室内に向け、そののちバラードに顔を向け直した。サッソの顔は影に隠れていた。

「で、あんたはこの近所にたまたまいたんだって？」サッソが訊いた。

「ヴァレー地区で打ち合わせがあり、丘を越えてきたの」バラードは答えた。「わたしのシフトはレイトショーで、早めに出勤するつもりだった。サンセット大通りのクラブでの発砲事件の話を聞いてるでしょ？　点呼のときにその事件についてどんなことが伝えられるか知りたかったの」

「で、ハリウッドへいくのにライトウッドを越えていくのか？」

声に明らかに疑念が浮かんでいた。サッソは記章によれば二十年の経験があった。ある家の下調べをする理由を作るのに刑事たちが仕掛けた無線呼びだしに加わった機会は一度や二度じゃないだろう。そういうのは幽霊無線と呼ばれていた。

「ロウレル・キャニオン大通りは渋滞だったので、ヴァインランド・アヴェニューに切り換えたところ、ここに上ってきたわけ」バラードは言った。「アウトポスト・ドライブを下って、ハリウッドまで降りていく予定だった」

サッソはうなずいたが、バラードは相手がいまの話に納得していないのだろうと思った。

「おれたちは撤収する」サッソは言った。「まともな通報が山積みで、そちらに対処する」

自分たちの時間を無駄にされてバラードを非難するサッソなりの言い方だった。

「そう」バラードは言った。「わたしもここを離れるわ」

「ヘリに撤収の連絡をするよ」サッソは言った。

サッソは階段を取って返した。バラードはサッソのあとを追うまえに、デッキの手すりの下にもう一度目を向けた。懐中電灯の光を下に向けたが、エアコン室外機を載せている土台に外部からアクセスする方法は見当たらなかった。そこにアクセスするには内側から、かつ家の下の階からでないとだめだと確信する。

階段をのぼりきったところで、バラードはゲートを引いて閉め、ゴミ箱を最初に見たときのように元に戻した。それから通りを引き返して自分のヴァンまで来た。ヴァンのまえにいたパトカーは三点方向転換をして丘を下っていった。バラードの耳にヘリコプターが夜の暗闇に遠ざかっていく音が届いた。トレントの家に戻り、ユティリティ・プラットフォームへ降りていく方法を探ろうかと考えたが、サッソが示した疑念に思い留まった。バラードがこのあたりにグズグズしているかどうか確かめようとサッソとパートナーが引き返してくるかもしれない。

バラードはヴァンを発進させ、マルホランドまで上っていった。サッソに先ほど言ったように、そこから断続的に見える眼下の明かりの灯った街並みを通り過ぎながらアウトポスト・ドライブまで進むと、ハリウッドへ降りていった。サンセット大通りを走り、あと数ブロックでウィルコックス・アヴェニューにたどり着くところで携帯電話が鳴った。ヴァレー管区風俗取締課のホルヘ・フェルナンデスからの折り返し電話だった。バラードはフェルナンデスに礼を言ってから、いま取り組んでいる暴行事件と被害者について短く伝えた。被害者はまだ話ができる状況にないことを付け加える。

「で、おれがどんな役に立てる？」フェルナンデスが訊いた。

バラードは〈ダンサーズ〉のまえを通り過ぎ、正面に科学捜査課のヴァンが停まっているのに気づいた。クラブのあいた正面ドアから店内の明るい光が見える——事件現場で用いられているたぐいの照明だ。犯行から二十四時間経って、あそこでいったいなにを調べているんだろう、と訝《いぶか》しむ。

「ちょっと、バラード、聞こえてるかい？」フェルナンデスが返事を促した。

「ああ、ええ、ごめん」バラードは言った。「で、わたしはこいつを掴んだ。まだ容疑者とは呼ばない。参考人レベルだけど、かなり黒に近いとでも言おうかな」

「なるほど。それがおれとどう関係するんだい？」

「あなたは三年まえセプルヴェーダ大通りでの風俗取締課の囮捜査でこいつを逮捕した」

「あそこではおおぜい逮捕してきた。そいつの名前は？」

バラードは角を曲がってウィルコックス・アヴェニューに入り、ハリウッド分署に向かった。

「トーマス・トレント」バラードは答えた。

一拍の間があってからフェルナンデスは言った。

「なにも浮かんでこない。ピンとこないな」

バラードは逮捕の日付を伝え、タリホ・ロッジでのことで、トレントはポケットにブラスナックルを入れていた男だと言った。

「ああ、そうだ、あいつだ」フェルナンデスは言った。「ブラスナックルを覚えている。そこに文字が刻まれていた」

「どんな文字？」バラードは訊いた。「どういう意味？」

「クソ、思いだせない。だけど、それぞれのブラスナックルに単語がひとつ付いていたんだ。殴った相手にその単語の痕や傷が残るように」

「逮捕報告書には記されていなかった。たんにブラスナックルと書かれていただけ」

「思うに……」

「パートナーといっしょじゃなかった？　パートナーが知っているとは思わない？　とても重要な情報になりうるの」

「特別作戦だったんだ。全チームが現場にいた。訊いてまわって、覚えているやつがいるか確かめてみよう」

「あの、もしできるなら、逮捕について教えてちょうだい。こいつはモーテルの客室にブラスナックルを持ちこんだ。そこには未成年の男娼がいるはずだった。なのに、保護観察処分に終わった。どうしてそんなことになったの？」

「いい弁護士がついていたんだろう」

「本気？　なにかほかに教えてもらえない？」

「うん、おれたちはその客室でまだ用意をしている最中だったんだ。変態野郎のひとりが午後十時に来るようにしていたから。ところが、午後九時にドアをノックされ、来たのがあんたの狙っている男だった――ブラス・ナックルズだ。えっ、どうなってるんだ、とおれたちはあせった。で、おれたちはそいつを逮捕し、上着のポケットにブラスナックルを見つけた。そいつが言い訳をしたのを覚えている――自分は中古車のセールスマンかなにかで、やばい連中を乗せて試乗に出かけることがあり、身を守るものが必要だった、と」

「つまり、ブラスナックルを？」

「おれはやつが言ったとおりの内容を言っているだけだ」

「わかった、わかった——次にどうなった？」

「ああ、逮捕の根拠が弱かった。そいつがたぶん十時にやってくる予定だったやつだとおれたちは考えたんだが、こっちが実行させていたスクリプトに結びつけることができなかった。それでおれたちは——」

「どんなスクリプト？」

「うちがインターネット上で動かしていた、いわゆる会話プログラムだ。それに引っかかってきた人間を逮捕する予定だった。だから、犯意を摑んでいなかった。訴状受付担当の地区検事補に連絡し、おれたちが手に入れているものと、あいつがスクリプトに引っかかった人間かどうかはっきりしないことを伝えた。地区検事補は、ブラスナックル所持容疑で逮捕し、もしあとでスクリプトに結びつけられたら、そこに容疑を重ねられる、と言った。だから、指導どおりにそいつに逮捕手続きを取ったんだが、そこまでだった」

「そのスクリプトに彼を結びつけるためさらなる捜査はおこなわれたの？」

「あのな——バラードだったっけ？」

「ええ、バラードよ」

「コンピュータ間の証明をするのにどれほど時間がかかるかわかっているか？　そしてそいつは自動車販売会社で働いており、ありとあらゆる机からコンピュータにアクセスできるんだ。ブラスナックル不法所持で身柄を押さえ、重罪として逮捕手続きを取った。それだけだ。ほかに揚げなければならない魚があったんだ」

バラードはひとりでうなずいた。そのようにシステムが動くのがわかっていた。多すぎる事件、多すぎる変数、多すぎる法的ルール。彼らはトレントを重罪で訴追し、街からさらにひとりの屑《くず》を追い払った。先へ進み、次の屑を捕らえる時間だ。

「わかった、電話をかけ直してくれてありがとう」バラードは言った。「この情報は役に立つ。もうひとつお願い——もしそちらの課でブラスナックルになにが刻まれていたか覚えていたり、たまたまその写真を撮影した人がいたら、教えてちょうだい。この事件を解決するのに役に立つと思うの」

「了解した、バラード」

バラードは分署の裏にある駐車場のゲート付き出入り口に車を進め、電子リーダーの窓に自分のＩＤをかざした。鋼鉄製の壁が巻き上がり、バラードは車を駐車場のなかへ進め、空いている駐車場所を探した。夜間には駐車場はかなり混み合うことがよくあった。現場に出ている車の数が減るからだ。

裏のドアから署内に入ると、ふたりの酔っ払いが拘束用ベンチに手錠で繋がれているのを見た。ふたりとも自分たちの足のあいだに嘔吐《おうと》していた。バラードはスーツを手に持っていた。奥の廊下を通り、着替えるため上の階のロッカールームへ向かった。

刑事部屋にいってみると、いつものようにガランとしていた。割り当てられた机がないため、自分宛の伝言の有無を確かめるためには受付の机を確認しなければならなかった。一枚のピンク色の紙片があった——８８８の市外局番から午後四時に電話がかかっていた。発信者の氏名欄にはナーフ・コーエンというような名前が書き殴られていた。覚えのない名前だった。バラードは紙片をいつものワークステーションに持っていき、腰を下ろした。

伝言を確認するまえにバラードは携帯電話の写真アーカイブをひらいて、スワイプしていき、ラモナ・ラモネの胴体の傷を接写した写真を呼びだした。親指と人指し指をつかってそれぞれの写真を拡大し、ブラスナックルによってできたと推測している傷のなかの模様になんらかの具体的な形がないか調べた。フェルナンデスの情報から生じた連想の力によるものなのか定かではなかったものの、病院では気づいていなかったものが見えたと思った。胴体の右側面と左側面にある傷に明白なパターンが見える、と思った。単語を判別できるほどはっきりはしていないものの、右側にCあるいはOの文字が見え、左側にはNあるいはVの文字が見えると思った。自分が見ている印が、仮に単語だとしても、裏返しで見えているはずだとバラードは悟った。もし攻撃者の拳に正しい向きで記されているとしたら。

それでも傷のなかにできた模様は重要だった。バラードが見ているものが、科学的なものではなく、あるいは争う余地なくはっきりしたものにはほど遠かったとしても、トレントにぴったり合わさるように思えるパズルの小さな欠片《かけら》だった。それゆえ、はずみを感じさせるいい刺激を与えられた。捜査の動きを――少なくとも合法的な動きを――デジタル記録に向けはじめる頃合いだと判断する。反対側の壁のTV画面の上に取り付けられた時計を確認したところ、レイトショーの点呼まであと一時間だった。それだけの時間があれば、多くの作業ができるだろう。バラードは作業に取りかかった。捜査員時系列記録からはじめる。ファイルのなかの最初の書類ではないだろうが、長い経験から、時系列記録が事件の中心文書だと知っていた。

その作業に取り組んで半時間経ったころ、携帯電話が鳴った。発信者非通知の電話だ。バラードは電話に出た。

「こちらバラード」

「善《GOOD》と悪《EVIL》だ」

ホルヘ・フェルナンデスの声だとわかった。バラードの声が昂奮《こうふん》で一段階高くなった。

「それがブラスナックルに記されていた文字？」

「ああ。うちの課の連中に訊いてまわったところ、ひとりが覚えていた。グッド・アンド・イヴィル。人の心のなかで絶え間なく起こっている戦いのことだ。おわかりか？」

「ええ、わかった」

「役に立つかな？」

「立つと思う。思いだしてくれた警官の名前を教えてくれる？　それが必要になるかもしれない」

「洒落者《ダッパー》・デイヴ・オールマンドだ。服装のスタイルが独特なのでそのあだ名がある。ここは風俗取締課なのに、デイヴは、ファッションショーの場と考えている」

「わかった。ありがとね、フェルナンデス。恩に着る」

「すてきな狩りを、バラード」

電話を切ったのち、バラードは再度携帯電話にラモナ・ラモネの傷の写真を呼びだした。いまや、はっきり見えた――GOODのふたつのOと、EVILのV。どちらの文字も、裏返しでも正面でもおなじに見える。

トレントが逮捕されたとき所持していたブラスナックルを取り返すのは、およそありえないとバラードにはわかっていた。三年が経過すると保管課によって破壊されているはずだった。だが、もしブラスナックルが性的倒錯――今回の場合は、サドマゾ妄想――の一部だとすると、トレントは、どこであれオリジナルの一組を入手したところに戻り、複製の一組を購入するだろう。

バラードがさきほど感じたアドレナリンの刺激がいまや血管のなかを走りまわる機関車のような激しさに変わっていた。バラードの頭のなかで、トレントはもはやたんなる参考人ではなかった。列車はその停車駅を通り過ぎていた。トレントは自分の狙っているホンボシだとバラードは思った。そして、それがわかる瞬間に比肩するものはなにもなかった。刑事の仕事の聖杯だった。証拠や法的手続きや相当な理由とは関係がなかった。たんに腹でわかるのだ。バラードの人生でこれに優《まさ》るものはなにもない。レイトショーに来て久しく訪れなかったのだが、いまやバラードはそれを感じており、たとえどこに左遷されようと、なにを噂《うわさ》されようとけっして警察を辞めるつもりがない真の理由がそれだと心の奥底でわかっていた。

12

バラードは早めに上の階の点呼室に上がった。点呼の機会は、人づきあいをし、署内の噂話に耳を傾け、管轄内の情報を拾い上げるのにつねにもってこいのタイミングだった。バラードが部屋に入ると、スミスとテイラーを含む七名の制服警官がすでに着席していた。残りの五名のうち二名は、ロッカールームで顔を合わせる機会があるためよく知っている女性チームの面々だった。予想したとおり、目下交わされている会話は、昨晩の五重殺人についてだった。強盗殺人課が事件の内部情報に堅い封印をし、犯行から二十四時間経っているのに被害者の氏名すら公表していない、と警官のひとりが話していた。

「なかにいたんでしょ、レネイ？」女性警官のひとり、ヘレラが言った。「被害者に関する特ダネ情報はなに？　彼らは何者だったの？」

バラードは肩をすくめた。

「特ダネなんてない」バラードは言った。「わたしは巻きこまれた被害者のひとりを担当しただけ。カクテル・ウエイトレスを。捜査の中枢には入れてくれなかった。ブースで三人死んでいるのを見たけど、彼らが何者なのか知らないな」

「捜査主任のオリバスがいるので、あなたを捜査の中心には迎えなかったんでしょうね」ヘレラは言った。

警察署内で忘れてはいけないこと、すなわち、秘密は持てない。ハリウッド分署に異動してきて一ヵ月も経たないうちに、バラードがオリバスに対する告発申し立てに敗れた事実を署内の全員が知っていた。個人的案件は法律によって秘密が守られることになっているはずなのに。

バラードは話題を変えようとした。

「で、こっちへ来る途中で、いまも科学捜査課があの店のなかにいるのを見かけた」バラードは言った。「昨夜なにかを見逃したのかしら？」

「あそこから離れていないそうだぜ」スミスが言った。「もう二十四時間近く張り付いている」

「それって最長記録かなんかじゃない」ヘレラが付け加えた。

「最長記録はフィル・スペクター事件だ——四十一時間、鑑識が調べていた」スミスは言った。「しかも死体の数はひとつだった」

スペクターは有名音楽プロデューサーで、バーで引っかけて持ち帰った女性を殺したのだった。保安官事務所担当の事件だったが、バラードはその違いについて指摘しないでおこうと決めた。

まもなくするとさらに警察官が部屋に入ってきて、最後にマンロー警部補が来た。警部補は部屋の前方にある演台の向こうに立ち、点呼をはじめた。平穏無事で、淡々とした点呼だった。バラードが昨夜扱ったクレジットカード窃盗を含む、所轄地域で発生した犯罪がいつものように報告された。マンローは〈ダンサーズ〉事件に関してなんのニュースももたらさなかった。容疑者の似顔絵すら出してこない。マンローの報告は十分足らずで終わった。警部補はバラードに話を振った。

「レネイ、なにか話したいことはあるか？」

「たいしてありません。昨晩、暴行事件がありました。被害者はまだがんばって生きています。売春通りで発生した事件で、だれかなんらかの情報を手に入れたなら歓迎します。容疑者はブラスナックルを使っていたことにご注目。それについて訊いてまわってください。それ以外に〈ダンサーズ〉で五人が殺されました。静かな夜でした」

みんな笑い声を上げた。

「オーケイ」マンローが言った。

警部補はスケジュールとボディ・カメラの訓練に関する細々とした通達に移った。バラードは出ていきたかったが、そうすると失礼なことになるとわかっていたので、携帯電話を取りだし、太もものそばでこっそりチェックした。数分まえにジェンキンズからショートメッセージが届いているのを見た。単独で行動するシフトのときのふたりの慣習どおりに様子確認をしてきたのだ。

ジェンキンズ　どんな具合だ？
バラード　逆さまの家を見つけたと思う。
ジェンキンズ　どうやって？
バラード　ブラスナックルで前科持ち。
ジェンキンズ　やったな。今夜動くつもりか？
バラード　いえ、まだ情報を集める。連絡する。
ジェンキンズ　いいぞ。

ショートメッセージのやりとりを終えようとすると、点呼が終わった。バラードは携帯電話を片づけ、階段に向かった。階段の最初の踊り場を曲がろうとしたところ、背後からマンローに呼び止められた。

「バラード、〈ダンサーズ〉にいくんじゃないだろうな？」マンローは訊いた。

バラードは立ち止まり、マンローが追いつくのを待った。

「いいえ。でも、どうしてです？」バラードは訊いた。

「わたしの部下がなにをやろうとしているのか知っておきたいだけだ」マンローは言った。

職制上、バラードはマンローの部下のひとりではなかったが、その表現は聞き流すことにした。マンローはレイトショーのあいだ、分署のパトロール部隊を率いていたが、バラードは刑事であり、直属の上司は昼間の刑事部の指揮官であるマカダムズ警部補だった。

「点呼の際に言いましたように、わたしは昨晩から暴行事件に取り組んでいます」バラードは言った。「マカダムズ警部補からその許可をもらいました」

「なるほど、だが、それに関するメモをわたしは受け取っていないが」マンローは言った。

「〈ダンサーズ〉にわたしを近づけるなというメモを受け取ったんですか？」

「いや、言っただろ、たんにシフトに出ている全員の所在を知っておきたいだけだ」

「そうですか、では、わたしが取り組んでいるものをおわかりですね。少しのあいだ病院に立ち寄らねばなりません。ですが、ご用があるなら、戻ってきますよ」

バラードは背を向け、階段を最後まで下り、まっすぐ刑事部へ向かった。マンローはなにか隠しているんだろうか、と訝しむ。バラードは通常は独立して動いており、パトロール部隊担当警部補に監視されていなかった。オリバスか、ダウンタウンのほかのだれかが、クラブと捜査にバラードを近づかせないようにしろとマンローに話したのだろうか？

マンローとのやりとりで気分が落ちこんだが、目のまえの事件に集中できるよう諸々《もろもろ》の考えを脇へどけた。受付係の机のひきだしからレイトショー用乗用車のキーを手に入れ、充電ステーションから自分のローヴァー用の充電済みバッテリーを引っつかんだ。机に戻り、ハンドバッグとローヴァーを手に取ると、出発した。車に入ったとたん、すぐに昼間、だれかがこの車を使ったのに気づいた——すべての市の車両内での喫煙を禁じているルールを無視しただれかに。バラードは全部の窓をあけながら、駐車場のゲートをくぐり、サンセット大通り目指してウィルコックス・アヴェニューを北に進んだ。

ハリウッド長老派病院で、バラードはバッジを見せて警備員とふたつのナースステーションを通り抜け、ラモナ・ラモネが昏睡状態で横たわっている病室にたどり着いた。裁判で自分の証言を裏付けてくれる証言が必要な場合に備えて、ナターシャという名の看護師に同行を頼んだ。

被害者の様子は昨晩より悪化しているように見えた。頭部は部分的に剃り上げられ、頭蓋骨骨折を修復し、脳の腫れの影響を抑えるための手術で、顔がパンパンに腫れて、人相がわからなくなっていた。彼女は管と点滴とモニター類の巣のまんなかに横たわっていた。

「胴体の傷の写真を撮影できるよう、スモックをあけてちょうだい」バラードは言った。

「昨晩撮影しなかったんですか？」ナターシャは訊いた。

「撮影した。でも、きようになれば、傷の様子が変わっているはず」

「わからないな」

「あなたがわかる必要はないの、ナターシャ。スモックをあけて」

バラードは、打ち身の痣《あざ》は、皮膚の下の血管が衝撃によって損傷を受け、赤血球が周辺の組織に漏れることでできると知っていた。血液が損傷を受けた血管から漏れつづけるため、負傷してから二十四時間のあいだに痣がより大きく、濃さを増す場合があった。バラードは、ラモナ・ラモネの痣が、まえよりはっきりして、そこに文字を読み取りさえできるようになっていることを願っていた。

看護師は何本かの管を動かしてから、患者の体を覆っている保温毛布を引き降ろした。淡いブルーのスモックのボタンを外し、被害者の裸の体をあらわにした。ペニスにカテーテルが挿入されていて、透明な管を通る小便は内出血から赤味がかっていた。看護師は毛布を少しだけ上げたが、バラードはそれが慎み深さのためなのか、嫌悪感の表れなのか、わからなかった。

バラードは胴体の上半分の左右両側が濃い紫色の痣に全面覆われているのを心に留めた。昨夜目にしていた赤い衝撃痕の輪郭線は、皮膚下で血が広がりつづけているせいで、いまではぼやけていた。もしいまはじめてこの損傷が見られたなら、ブラスナックルでもたらされたものだと推論するのは不可能になっていただろう。バラードは左側からベッドに身を乗りだし、紫色の花のようになった箇所を仔細《しさい》に見つめた。ほどなくして、比較的明るめの痣と比べ、濃い紫色になっている隣り合ったふたつの輪を識別した。それはGOODという単語の二つのOだと、バラードは確信した。

「ナターシャ、これを見てくれる？」

バラードは看護師が近づけるように背を伸ばし、左側に寄った。バラードはその模様を指さした。

「これはなんだろう？」バラードは訊いた。

「痣のことですか？」ナターシャが問い返した。

「そこに模様があるでしょ。見えるかしら？」

「たぶん……そうですね、見えます。この輪のことですね？」

「そのとおり。それを写真に撮らせて」

バラードは自分の携帯電話を取りだし、ナターシャがうしろに下がると、再度患者のそばに近づいた。写真を撮影しながら、バラードは、ｉＰｈｏｎｅ新機種のカメラで撮影された息を呑《の》むようなプロレベルの写真を載せている市内全域で目にする広告看板を思い浮かべた。この手の写真はけっしてそんな看板には載らないだろうな、と思う。

「武器でついたものですか？」ナターシャが訊いた。「この男の人を殴ったときに指に二本の大きな指輪をしていたみたいな」

バラードは写真撮影をつづけた。フラッシュありとなしで。

「そのようなものね」バラードは言った。

バラードはベッドの反対側にまわり、ラモナ・ラモネの胴体の左側の痣をじっくり眺めた。ここでは紫色の花がさらに濃い色になっており、ＥＶＩＬの単語を示す模様は見つけられなかった。より濃い色はより深い負傷を意味している、とバラードは知っていた。胴体の両側の色の不釣り合いは、攻撃者の利き手が右だと示していた。トーマス・トレントとのやりとりと試乗のあいだに彼が右利きであることを明らかにした行動を取っただろうか、とバラードは思いだそうとした。右手のナックルが痛々しく傷ついていたのは明らかだった。すると、バラードは、伝えた電話番号をトレントが右手で書き記していたのを思いだした。

バラードは、負傷の程度を文書化できるように左側の写真を撮影した。

「彼女にスモックを着せてあげていいわ、ナターシャ」バラードは言った。「当面の用は済んだ」

ナターシャはスモックのボタンをかけ直した。

「この人が男性だと見たでしょ？」看護師が訊いた。

「生物学的には、ええ」バラードは言った。「でも、彼女は女性として生きることを選択している。それを尊重しただけ」

「へー」ナターシャは言った。

「彼女に見舞客はあったかどうかわかる？　家族は？」

「わたしが知る限りでは来ていませんね」

「転院になるのかしら？」

「わかりません。でも、たぶんそうなります」

ハリウッド長老派病院は、民間の病院だった。もしラモネの入院費を支払ってくれる家族や保険が見つからない場合、郡立の病院へ転院させられ、ここで受けているレベルのケアは受けられなくなるだろう。

バラードはナターシャに協力の礼を伝え、病室を出た。

病院をあとにすると、バラードはフリーウエイ101号線の高架箇所のすぐそばにある区域まで車を走らせた。ラモナ・ラモネは、現在の名前あるいは出生時の名前での運転免許証を持っておらず、バラードが見つけた唯一の住所は、ヘリオトロープ・ドライブにあるものだった。風俗取締課のファイルに収められた二枚のシェイク・カードにある住所で、最後に逮捕されたときに告げられた住所でもあった。

バラードはそれが偽の住所の可能性が高いと思っていた。ハリウッド内にヘリオトロープという名の通りがなかったからではなく、ハワイで生まれ育ったことで植物や花にかなり詳しかったからだ。マウイ島の深い山腹にあるトマト農園や種苗店で家族とともに働くことがよくあった。ヘリオトロープとは、芳しい紫と青の花を咲かせる植物で、花に向日性があることで知られていた。バラードにはなんらかのメタファーのように思えた。ひょっとしたらラモナ・ラモネがその通りの名前を選んだのは、変わりたいという彼女の願望、みずからの花弁を太陽に向けていたいという願いに合致していたからかもしれない。

いま、フリーウェイを降り、その道路を進んでいると、高架道の下で、その住所が示す場所に古いRVやハウストレイラーの列が端から端までつづいているのを目にした。そこはロサンジェルスに数多くあるホームレスの露営地のひとつだった。通りにあるくたびれた車の列の向こう、高架道の下の痩せた地に、ブルーシートやほかの素材で作られた尖ったテントや雨よけの仮住まいが見えた。

バラードは車を停め、外に降りた。

13

バラードは市内にたくさんあるホームレスの露営地の社会構造について、それなりの知識があった。市と市警は両方とも、ホームレスの人々と彼らのコミュニティに遭遇する際、思慮に欠けた扱いをしたとして、市民権団体から攻撃を受け、訴えられてきた。その結果、ホームレスという特有の問題に対する感受性トレーニングがおこなわれ、不干渉の方針が生まれた。そうしたセッションを受講してバラードが学んだのは、ホームレスの露営地は都市にきわめて似た形で進化するということだった。安全や意思決定、廃棄物の処理のようなサービスを提供する社会的および行政的ヒエラルキーを必要とする。多くのホームレス露営地には、市長として保安官として判事としての役割を果たす個人がいた。ヘリオトロープ露営地に入っていくと、バラードは保安官を探した。

頭上のフリーウェイからひっきりなしに聞こえてくる車の行き交う音を別にする

と、キャンプのなかは静まり返っていた。午前零時を過ぎており、気温は摂氏十度まで落ちていて、居住者たちはたいてい身を潜め、ビニールシートあるいは、もし運がよければキャンピングカーのアルミ板でできた壁で、冷えこむあらたな一晩に備えていた。

ひとりの男が、他人のゴミを漁《あさ》って暮らしている人々が自分たちのゴミを捨てる投棄場のようなところを動きまわっているのにバラードは気づいた。男はベルトのバックルを締めており、ズボンのチャックがあいていた。その動作から顔を起こしてバラードを見、男は驚いた。

「あんたは何者だ？」

「ロス市警。そっちこそ何者？」

「おれはここに住んでる」

「あなたは保安官？　責任者を探しているの」

「おれは保安官じゃないが、夜勤担当だ」

「ほんと？　警備担当？」

「そうだ」

バラードはベルトからバッジを抜きとり、掲げ持った。

「ロス市警のバラードよ」

「あー、デンヴァーだ。ここではデンヴァーと呼ばれている」

「わかった、デンヴァー。だれとも揉《も》めたくない。あなたの協力が必要なの」

「わかった」

デンヴァーはまえに歩を進め、手を差しだした。バラードはあからさまに怖気《おじけ》をふるうところを見せなかった。幸いにも右手にローヴァーを持っていて、差しだされた手を避けた。

「ひじを当てよう、デンヴァー」バラードは言った。

バラードはひじを相手に近づけたが、デンヴァーはどう対処していいのか知らなかった。

「わかった、気にしないで」バラードは言った。「とにかく、話をしましょう。わたしがここにいる理由は、ここの住民のひとりが病院にいるからなの。とてもひどい怪我をして。ここにある彼女の住まいを探したい。手を貸してくれるかしら？」

「だれだい？　ここは人の出入りが激しい。たんに荷物を置いていなくなる場合もある」

「彼女の名前はラモナ・ラモネ。小柄なスペイン系の女の子かな？　ここに住んでいると言ってた」

「ああ、ラモナを知ってるよ。だけど、知っておいたほうがいいことだが——彼女は男だぞ」

「ええ、わかってる。彼女は男として生まれたけど、女性であると本人は認識している」

その言葉にデンヴァーは混乱したように見えたので、バラードは先をつづけた。

「で、彼女はここに住んでいるの？」

「まあ、ここに住んでいた。一週間ほどいなくなっており、戻ってこないだろうとみなされた。いまも言ったように、人の出入りは激しい。自分たちのクソ荷物を置き去りにするんだ。だから、だれかが彼女の場所を取った。どういう意味かわかるかい？ここいらではそういうふうになってるんだ。うたたねしたら、居場所をなくす」

「その場所はどこなの？」

「彼女はワゴン車列の正面にある七四年製マイダスのなかにいた」

デンヴァーはひらけた露営地の正面の縁石に沿って駐車しているＲＶのガタガタの列を指し示した。最初にあるＲＶは、汚れた白い色のキャンピングカーで、運転台はダッジのヴァンになっていた。色褪せたオレンジ色の差し色ストライプが側面に描かれており、雨漏り防止のため、屋根の後部縁からビニール製のアメリカ国旗が垂れ下がっていた。外から見ると、その車両は、四十年という歳月をはっきり物語っていた。

「彼女はまえの所有者から四百ドルで買ったという話だ。まえの所有者はジャングルに引っ越していった」

デンヴァーは露営地を指し示した。RVは、どれほどオンボロで絶望的であっても、このコミュニティのなかでは、高級居住地だった。ひとつの小規模産業が発生しており、古くなって動かないキャンピングカーが廃品置き場や裏庭から引っぱりだされ、フリーウェイの下や、工場地域にある路上駐車場へ牽引《けんいん》され、安値でホームレスの人々に売却されたり、レンタルすらされたりしていた。そうしたキャンピングカーは、所有者が転々とし、所有権を巡る喧嘩や違法な立ち退きの対象になることがしばしばあった。市警は市で増大するホームレス人口——ニューヨーク・シティの西側で最大規模——がもたらすこういう事態や、その他の問題に対処する対策本部を組織しようとしている過程にあった。

「どれくらいあそこに彼女は住んでいたの？」バラードは訊いた。

「一年かそこらだな」デンヴァーは答えた。

「いまあそこにだれかいる？」

「ああ、男がひとり。ストーミー・マンデーが取った」

「それがその男の使っている名前？」

「ああ。ここいらの人間は、いろんな名前をたくさん使ってるんだ、わかるだろ？ほかの名前を捨ててきた連中だ」

「了解。ストーミーと話しにいきましょう。車のなかを見ないとならないの」

「寝起きの悪いやつなんだ。荒々しい月曜日《ストーミー・マンデー》と呼ばれているのがもっともな話で、あいつは一日置きに嫌なやつになる」

「そのタイプは知ってる。いっしょに対処しましょう、デンヴァー」

　ＲＶの列の正面に向かって歩きながら、バラードはローヴァーを口元へ持っていき、応援要請をした。到着予定時間は、四分後という回答があった。

「あのさ、警察がこのあたりに来ると、住民は動揺するぞ」バラードが無線を降ろすとデンヴァーが言った。

「わかってる」バラードは言った。「なにも問題を起こしたくないの。だけど、それはストーミー・マンデー次第」

バラードは車のグラブボックスから取りだした小型のタクティカル・ライトをポケ

ットに入れていた。そのグリップの先端は重たい鋼でできていた。それを使ってバラードはダッジ・マイダスのドアを叩いた。そののち、安心できる距離である一メートルほど後退し、左に六十センチずれた。ドアにはハンドルがついていないのに気づく。ふたつの穴があいているだけで、そこに鋼鉄のチェーンの輪が通されていた。車の外にいるときと同様、なかにいるときも車に施錠する手段にその輪を使っていた。

ＲＶから返事も動きも返ってこなかった。

「だれかが錠をかけてなかに閉じこもっているようね」バラードは言った。

「ああ、マンデーはなかにいる」デンヴァーは言った。

バラードは今回はドアをさきほどより強めに叩いた。その音は頭上のコンクリートに跳ね返り、フリーウェイの騒音越しにも充分聞こえるほどだった。

「おい、ストーミー！」デンヴァーが声をかけた。「すぐに出てこいよ」

一台のパトカーがゆっくりとヘリオトロープ・ドライブにやってきた。バラードは自分の懐中電灯をパトカーに向かって振った。パトカーはマイダスの横に近づいて停止した。点呼のときにいたふたりの女性制服警官が降りてきた。ヘレラがリーダーで、パートナーはダイスンだった。

「バラード、用事はなに？」ヘレラが訊いた。

「この車のなかにいる男を起こさないとならないの」バラードは言った。「ここにいるデンヴァーの話だと、機嫌よく起きないみたい」

　RVのスプリングは何十年間も使用されてきて、ダメになっていた。車内で動きがあったとたん、車はきしみを上げ、揺れだした。すると、ドアの反対側から声が聞こえた。

「ああ、なんの用だ？」

　デンヴァーは自発的に歩み寄った。

「やあ、ストーミー、ここに警察が来ている。ラモナがそこに住んでいた件で、車のなかを見たがっている」

「ああ、あの女はもうここには住んでいない」ストーミーは答えた。「おれは寝ていたんだ」

「ドアをあけてください」バラードは声を張り上げた。

「令状かなにか持っているのか？　おれは自分の権利を知ってるぞ」

「令状は必要ないんですよ。あなたにドアをあけてもらわねばなりません。さもなければ、この車をあなたがなかに入ったまま警察の敷地までレッカー移動させ、そこでドアは強制的にあけられ、あなたは捜査妨害容疑で逮捕されるでしょう。あなたは郡の拘置所に入ることになり、この一等地は他人のものになります。そんな状況をあなたは望んでいますか?」

必要なことは全部伝えた、とバラードは思った。待つ。ヘレラが肩マイクから聞こえる連絡に耳を傾けるため、後方へ下がった。ダイスンはバラードといっしょにいた。三十秒が経過し、バラードの耳に、ドアの内側でチェーンがガラガラ鳴る音が聞こえた。ストーミー・マンデーがドアをあけようとしていた。

あだ名と彼が怒りっぽい人間であるという事前情報に基づき、バラードはトレイラーから大男が現れるものと予想し、対峙《たいじ》に備えていた。ところが、眼鏡をかけ、白髪交じりのひげを生やした小柄な男が両手を掲げて降りてきた。バラードは、男に両手を降ろすように告げ、彼をダイスンと、戻ってきていたヘレラのところに連れていった。バラードは男にRVの所有権と中身について質問した。セシル・ビーティと名乗った男は、引っ越してきたのはほんの二日まえで、そのときにはRVのなかはほかの人間に漁られていた、と言った。ラモナ・ラモネの所持品として残されたものはないと思う、と彼は言った。

バラードはパトロール警官にビーティを見張っているようにと告げて、RVのなかを覗いた。バラードはラテックスの手袋をはめ、二段の段を上がって、車のなかへ入った。ゴミが散らかり、日曜日の朝のハリウッド分署のトラ箱に似た饐《す》えたにおいがする狭い二部屋ほどのスペースを懐中電灯の光で照らした。バラードはひじ関節の内側に口と鼻を押しつけてあらゆる表面と床に散らばったゴミのなかを進んだ。ラモナ・ラモネの所持品である可能性があるものとしてはっきりしているものはなにも見えなかった。最初の部屋を通り過ぎ、奥の部屋に入る。そこは事実上、黒っぽい染みがついたシーツと毛布が積み重ねられたクイーンサイズのベッドに占められていた。シーツが突然動いて、バラードは危うく平常心を失いかけた。ベッドに何者かがいるのだと悟る。

「ダイスン、こっちへ来て」バラードは呼びかけた。「いますぐ！」

背後で警官がＲＶに入ってきた音を聞く。バラードは懐中電灯の光をベッドにいる女性の顔に当てたままにした。女性は薄汚い服を着て、髪の毛が汚れて固まったドレッドヘア状になっていた。顔と首に疥癬《かいせん》があった。麻薬中毒の最終局面にいる人間だ。

「彼女をここから連れだして」バラードは言った。

ダイスンが入ってきて、シーツを払いのけ、セーターや上着を何枚も重ねて着ぶくれしている女性をベッドから引っ張り起こした。ダイスンは女性を連れだし、バラードは捜索をつづけた。

捜査に役立つものがなにも見当たらず、バラードは寝室エリアから後退した。かつては狭いバスルームだったが、利用されなくなって久しい場所の反対側に簡易台所セクションがあった。二口コンロは、いまはヘロインまたはクリスタル・メスを載せたスプーンを炙《あぶ》るためにほとんど使われているのだろう。バラードは頭の上のキャビネットをあけはじめた。奥の陰でネズミがうろちょろしているのが見つかるだろうとなかば予想していた。その代わりに、かつては使い捨て携帯電話が入っていた、いまは空の小箱を見つけた。その箱は、RVのなかのほかのゴミとは異なり、かなり新しいように見えた。

バラードはRVから外に出て、ビーティと女性が立っているところに向かった。ふたりともうつむいて、ふたりの制服警官の隣にいる。バラードは小箱をビーティに向かって差しだした。

「これはあなたの？」バラードは訊いた。

ビーティは小箱を見たが、顔をそむけた。

「いいや、おれんじゃない」ビーティは答えた。「元からあそこにあった」

「ラモナのものかな？」

「かもな。おれは知らん。まえに見たことはない」

バラードは小箱はラモナのものだと推測した。もし箱の外側やなかに、シリアルナンバーや製品番号を表すものがあるなら、携帯電話自体はなくなっていて、おそらく追跡不能だろうが、その電話でおこなった通話を調べてみるつもりだった。ラモナとトレントを繋ぐ通話があれば、その証拠は裁判で利用可能だろう。このがさ入れ、そしてRVの腐った空気を嗅いだことも無駄には終わらずにすむだろう。

「オーケイ、協力に感謝します」バラードは言った。

バラードはヘレラとダイスンに、RVのふたりの居住者を解放するようなずいて合図を送った。ふたりはすぐにそそくさと車のなかに戻った。バラードは次にデンヴァーのほうを向き、内緒の話をするため、合図をした。

「この件でのご協力に感謝するわ、デンヴァー。ありがとう」

「どういたしまして。それがここでのおれの仕事さ」

「最初にラモナの話をしたとき、あなたは彼女が一週間まえにいなくなったと言ったわね」

「ああ、ここにはルールがあるんだ。四日間姿を見せないことがないかぎり、だれも他人の居場所に居座ってはならない。なぜなら、ほら、逮捕されたら、あんたたちは七十二時間拘束できるからだ。だから、その場所が奪われるまで四日間待つことになっている」

「ということは、ストーミーが二日まえに引っ越してくるまえに彼女が四日間いなかったのは確かなのね？」

「確かだ。ああ」

バラードはうなずいた。昨晩駐車場に捨てられ、見殺しにされかけるまえにラモナは、襲撃者に苦痛と拷問を与えられながら五日間、拘禁されていた可能性を示していた。憂鬱な気分になる考えだった。

バラードは再度デンヴァーに礼を告げ、今回は相手と握手した。まだラテックスの手袋をはめていることにデンヴァーが気づいたかどうか、バラードは定かではなかった。

午前一時三十分にハリウッド分署に戻ると、バラードは刑事部屋へ戻るまえに当直オフィスに入っていった。マンローが机についており、別の警官が部屋の奥まった端の報告書作成机にいた。

「なにか起こってます？」バラードは訊いた。

「静かなもんだ」マンローは言った。「昨夜のあとだと、こういうもんだろう」

「捜査チームはまだ〈ダンサーズ〉にいるんですか？」

「知るよしもない。鑑識はわたしが問い合わせても返事をしないのだ」

「そんなに調べが遅れているなら、わたしが向こうへいって、なにか手を貸せないかどうか確かめてきますよ」

「うちの事件じゃないんだ、バラード。万が一の事態に備えて、きみはここにいる必要がある」

「万が一ってどんな事態です？」

「万が一、われわれがきみを必要とする場合だ」

バラードは〈ダンサーズ〉に立ち寄るつもりはなかった。マンローがどう反応するのか見たかっただけだ。彼の動揺とすばやい反応で、バラードと、おそらくはハリウッド分署の全人員をあの事件の現場から遠ざけておくようにとの言葉をマンローが受け取っているのが裏付けられた。

マンローは話題を変えようとした。

「きみの被害者の様子はどうだ？」マンローは訊いた。

「がんばって生きています。生き延びそうな見こみです。容疑者が嗅ぎつけて、ケリをつけようとするかもしれないと心配しています」

「なんだと、容疑者が病院に忍びこむというのか？　枕で被害者を窒息させようと？」

「わかりませんが、ひょっとしたら。事件に関する報道はいっさいないですが――」

「きみは『ゴッドファーザー』を何度も見すぎている。あの娼婦の病室にだれかを派遣させようという話なら、そんなことは起こらないぞ、バラード。わたしのほうからは起こらん。そんなことに割ける人員はいない。うちの部下にのんびりさせたり、ナースステーションで時間を潰させるために、自分が短時間パトロールに出るなんてことをするつもりはない。きみはメトロ分署に要請を出せるが、いいかね、その要請を検討したのち、連中もパスするだろう」

「オーケイ。わかりました」

刑事部屋の借りていた机に戻ると、バラードはRVから押収した携帯電話の箱を置き、シフトの残りの時間を、この箱にかつて収まっていた携帯電話を追跡する試みに費やす用意をした。だが、出勤した際にピックアップしていたピンク色の伝言用紙に目がいった。腰を下ろし、机の電話を手に取る。真夜中にその番号に電話をかけることに躊躇《ちゅうちょ》しなかった。通話無料の番号であり、ということは商用の電話に繋がる可能性が高かった。相手の会社は営業しているか終業しているかのどちらかだろう。真夜中に個人を起こすことにはならないはずだった。

電話が繋がるのを待っているあいだ、再度、その用紙に書かれた名前を解読しようとした。無理だった。だが、電話が繋がるとすぐ、だれが電話をかけてきて、伝言を残したのか、バラードはわかった。

「カードホルダー・サービスです。ご用件はなんでしょう？」

バラードはインド訛りの英語を耳にした――昨晩、ミセス・ランタナの携帯電話で話をしたムンバイの男たちと似た訛りだ。

「イルファンと話せますか？」

「どのイルファンでしょう？　三人います」

バラードはピンク色の紙片を見た。Ｃｏｈｅｎ《コーエン》と書かれているようだった。ＣをＫに置き換えてみたところ、ピンと来た。

「Ｋｈａｎ《カーン》です。イルファン・カーン」

「お待ちください」

三十秒後、あらたな声が聞こえ、バラードは聞き覚えがある声だと思った。

「こちらはロサンジェルス市警のバラード刑事です。伝言を残してくださったんですね」

「はい、刑事さん。二十四時間と少しまえ、電話でお話ししましたね。あなたの依頼を追跡しました」

「へえ、やってくれたんだ。どうして?」

「なぜなら盗まれたクレジットカードによる物品購入詐欺の商品送付先をあなたと共有する許可を得たからです」

「法廷の承認を得たんですか?」

「いえ、わたしの部門長が許可をくれました。わたしが彼のところにいき、あなたがとてもしつこいので要望に応じるべきだと伝えたんです」

「正直言って、驚きました。追跡調査をしていただき感謝します」

「どういたしまして。ご協力できて嬉しいです」

「で、住所はどこです?」

カーンはサンタモニカ大通りにあるアパートの住所と部屋番号をバラードに伝えた。そこがエル・セントロ・アヴェニューと、レスリー・アン・ランタナの自宅からさほど遠くないのがわかった。歩いていける距離だろう。

バラードはこの事件で逮捕がおこなえるチャンスが、住所把握に二十四時間遅れたせいで阻害されたとカーンに伝えたくなる衝動をこらえた。その代わり、本件を部門長に訴えてくれた礼をカーンに告げると、電話を切った。

そしてバラードはローヴァーと覆面パトカーのキーを引っつかむと、ドアへ向かった。

14

ムンバイから届いた住所は、シエスタ・ヴィレッジという名の寂れたモーテルと対応していた。二階建てのU字形をした複合施設で、Uの内側に駐車場があり、小さなプールと事務棟があった。正面に掲げられた看板には、〝Wi－FiとHBO無料〟と記されている。バラードはモーテルに車で入り、駐車場をゆっくり走った。個々の客室には、建物の中心に面した大きな板ガラスの窓がはまっていた。それぞれの客室には金属フレームで箪笥《たんす》にがっちり留められた箱形TVがまだ設置されているたぐいの宿泊施設だった。

バラードが十八号室の場所を確認すると、カーテンの奥に明かりは見えなかった。十八号室のドアのまえにオンボロのフォード・ピックアップ・トラックが停まっているのを心に留める。十八号室の隣には煌々《こうこう》と照明に照らされたアルコーブがあり、なかには製氷機と、料金を投入する場所と飲料を取りだす場所だけが切り取られた鋼鉄製の檻のなかに収まっているコークの自販機が置かれていた。バラードは車を動かしつづけ、十八号室にいるだれかがカーテンを少しあけ、窓の外を見たとしても気づかれないように、事務棟の反対側に覆面パトカーを停めた。その車は一キロ離れたところからでも警察車両と見分けがつくものだった。

車を降りるまえにバラードはローヴァーを使って、ピックアップ・トラックに関して、持ち主の手配書と令状の確認をした。記録はなく、パウエイのジュディス・ネトルズなる人物に登録されていた。パウエイというのは、ロスの南のサンディエゴ郡にある小さな町だとバラードは知っていた。ネトルズはコンピュータ上に逮捕記録はなく、令状は出ていなかった。

バラードは徒歩でモーテルの事務棟に近づき、ガラスドアにあるボタンを押し、待っていると、カウンターの向こうにある奥の部屋からひとりの男が出てきた。バラードはすでにバッジを掲げており、男はブザーを鳴らして、バラードを事務所に迎え入れた。

「やあ、どうも」バラードは事務所へ入ると言った。「ハリウッド分署のバラード刑事。ちょっと訊きたいことがあるんだけど」

「こんばんは」フロント係の男が言った。「なんでも訊いてくれ」

フロント係はあくびを押し殺しながら腰を下ろした。男の背後の壁には世界じゅうの都市の時間を表すいくつもの壁掛け時計があった。あたかもこの場所が地球各地のビジネスを定期的にチェックしなければならない国際的旅行者にサービスを提供しているかのようだった。奥の部屋からＴＶの音が聞こえた。深夜のトークショーでの観客の笑い声だった。

「今夜、十八号室に客はいる？」バラードは訊いた。

「あー、うん、十八は塞がってるね」男は答えた。

「宿泊客の名前はなに？」

「それを訊くための令状が要るんじゃないの？」

バラードはカウンターに両手を置き、男に向かってグイッと身を乗りだした。

「その奥の部屋でＴＶを見すぎ。質問をするのに令状は不要だし、質問に答えるのに令状を提示される必要もない。ロス市警に捜査協力するか、あるいはロス市警の邪魔をするかの選択権がいまあるだけ」

フロント係は一瞬、バラードをじっと見つめてから、右側のコンピュータ画面に向かうまで椅子を時計回りにまわした。スペースバーを叩くと、画面が生き返った。そののち、モーテルの客室稼働チャートを呼びだすと、十八号室をクリックした。

「名前はクリストファー・ネトルズだね」フロント係は言った。

「ひとりで泊まっているの？」バラードは訊いた。

「そのはず。シングル宿泊客として登録されている」

「いつからここに泊まっている？」

フロント係は再度画面を参照した。

「九日間だ」

「ファーストネームとラストネームのスペルを教えて」

スペルを手に入れると、バラードはフロント係にすぐ戻ると伝えた。カウンターに積まれているなかから「ハリウッド・スターの家バスツアー」のパンフレットを二部摑むと、それを使ってドアのラッチが閉まらないようにした。バラードはフロント係には聞こえないところまで離れようとして駐車場に戻り、ローヴァーを使って、通信指令を呼びだし、クリストファー・ネトルズに逮捕状と令状が出ていないか調べてくれるよう頼んだ。記録は出てこなかったが、バラードにはそれをそのままにしないくらいの頭のよさはあった。自分の携帯電話を取りだし、ハリウッド分署の当直オフィスに連絡を入れ、内勤の制服警官に全米犯罪検索データベースで名前を調べてもらうよう頼んだ。

バラードはアスファルトの上で行きつ戻りつしながら結果を待っているとき、モーテルのプールには水が張られていないことに気づいた。事務棟の角まで歩いていき、十八号室を別の角度から見られるところまでいった。あいかわらずカーテンの向こうは暗いままだ。ピックアップ・トラックを調べ、少なくとも二十年は経っていると見積もった。警報装置はありそうになく、ネトルズを部屋から引っ張りだすのに役立ちはしないだろう。

内勤の警官が携帯電話に戻ってきて、住民在宅の住居への不法侵入を含む、複数の窃盗罪で二〇一四年に有罪判決を受けているクリストファー・ネトルズがデータベースのなかに見つかったと報告した。そのクリストファー・ネトルズは、二十四歳の白人男性で、州刑務所に二年間服役したのち、仮釈放されていた。

バラードは電話口の警官に頼んで、マンロー警部補に繋いでもらった。

「警部補、バラードです。いまシエスタ・ヴィレッジにいます。昨晩エル・セントロ・アヴェニューで発生した窃盗事件《459》（窃盗目的の侵入を定めたカリフォルニア州刑法典四百五十九条からくる）の容疑者の居場所を掴みました。パトロール・チームを送ってもらえますか？」

「手配する。全チームがパトロールに出払っているが、いまは緊急の案件はないので一台を巡邏《じゅんら》から外して、そちらに向かわせよう。すぐ到着する」

「わかりました。一ブロック離れたところに待機し、タクト4の周波数に合わせるように伝えてください。わたしが連絡して呼びます。部屋から容疑者を誘いだしたいんです」

「了解した、バラード。わたしが書き留められる名前はあるか？」

マンローは、事態がまずい方向へ進み、バラードの協力抜きで容疑者を追わねばならない場合に備えて、容疑者の名前を訊ねているのだった。バラードはネトルズに関して摑んでいる詳細情報を伝えてから、電話を切った。ローヴァーをタクティカル4の周波数に切り換え、フロント係が待っている事務所に戻った。

「ネトルズ氏は宿泊料金をどのように払っている？」バラードは訊いた。

「現金で払っているよ」フロント係は言った。「三日ごとに三日分をまえもって払っている。月曜日まで代金をもらっている勘定だ」

「ここで配達物を受け取っている？」

「配達物？」

「ほら、箱や郵便。彼になにか送られてきている？」

「おれにはわかりようがないな。おれが働いているのは夜なんだ。届けられているのはピザのデリバリーだけさ。実を言うと、ネトルズは二時間まえにピザを受け取ったと思う」

「ということはネトルズの姿を見たのね？　どんな見かけの人か知ってる？」

「ああ、夜に二度、宿泊料金を払いに来たし」

「何歳くらいなの？」

「わからんな。二十代だろうな。若い。おれは人の年齢の見分けが得意じゃないんだ」

「大柄それとも小柄？」

「どちらかというと大きいほうだな。体を鍛えているようだ」

「フリーＷｉ‐Ｆｉについて教えて」

「なにを教えられる？　無料だ。それだけだよ」

「客室それぞれにルーターがあるの、それとも全体用のメイン・ルーターがある？」

「この奥に装置があるんだ」

フロント係は肩越しに背後の部屋を親指で指し示した。ネトルズがレスリー・アン・ランタナのクレジットカードでオンラインショッピングをしようとした証拠をそのルーターのhistoryで調べることができる、とバラードはわかっていたが、それには令状と、市警の商業犯罪課の時間と深い関与を必要とする。商業犯罪課は今回の事件よりも重要度が優っている存在だ。バラードあるいは昼間の窃盗課で働いている人間が働きかけないかぎり、そんなことはけっして起こらないだろう。

「電話はどう？　客室に電話線は繋がっているよね？」

「ああ、受話器を置いてある。受話器が盗まれた二部屋は別だけど。補充していないんだ」

「だけど、十八号室には電話があるのね？」

「ああ、電話がある」

バラードはうなずき、ネトルズに訊問し、可能ならば逮捕できるよう、客室から外に出させる計画を考えた。

「コーラの自販機があるあそこのアルコーブの照明を消せるかな？」

「ああ、できるよ。ここにスイッチがある。だけど、二階のアルコーブの照明も消えてしまうんだ」

「それはかまわない。両方の照明を消して。そのあとであなたに彼の部屋に電話をかけ、事務所に来させてもらう」

「どうやっておれがそんなことをするんだね？　もう午前三時近いんだぞ」

フロント係は肩越しに時計の並んだ壁を指し示し、ネトルズの部屋に電話をするには遅すぎると強調した。それがきっかけになったかのごとく、バラードのローヴァーが甲高い音を発し、自分のコール・コードが聞こえた。バラードはローヴァーを持ち上げて、応答した。

「こちら6・ウイリアム・26、そちらは位置についた？」

「待機完了」

声に覚えがあった。スミスだ。応援として、頼りになる警官と忠実な新米が来たことを知った。

「オーケイ、その場に待機して。こちらから連絡したら、メイン・エントランスに車で入ってきて、だれも外に出さないで。容疑者の車は一九九〇年代製のフォード１５０、シルバー一色」

「了解。武器は？」

「武器所持は不明」

スミスは無線を二度クリックして、わかったという旨、知らせた。

「オーケイ、五分ちょうだい」バラードは言った。「ゴーサインのあとで、現場での逮捕をお願いする」

フロント係はバラードにふたたび注意を向けられると目を見開いて、彼女を見た。

「オーケイ、じゃあ、十八号室に電話をかけて、ネトルズに、警察があなたのことをいまここで訊いている、と伝えて」

「どうしておれがそんなことをするんだ?」フロント係は言った。

「なぜなら、たまたまそうなったから。それにあなたはロス市警との協力を続けたいと思っているから」

フロント係はなにも言わなかった。面倒事に巻きこまれてしまい、とても不安な表情を浮かべていた。

「いい」バラードは言った。「あなたはあの男に嘘をつくわけではないの。たまたま起こったことを正確に伝えるだけ。シンプルな内容にして。『起こしてすみませんが、警察の刑事がいましがたあなたのことを訊いてきたんです』というような形で。そうすると警察はまだここにいるのかと相手は訊いてくるだろうから、警察は出ていったとあなたは答えるの。なにかほかに訊いてきたら、別の電話がかかってきたので、出なくては、と伝えて。短く、シンプルに」

「だけど、あんたがここにいたことをどうしてあいつに知ってもらいたいんだい?」

フロント係は訊いた。

「わたしはたんに彼をビビらせ、あの部屋から出させ、より安全に彼に近づきたいだけ。さあ、三分したら、電話をかけて。だいじょうぶ？」

「だと思う」

「よろしい。あなたの協力はあなたの街の警察にたいへん感謝されます」

バラードは事務所を出て、客室のまえの通路を通り、十八号室まで来た。そこを通り過ぎ、アルコーブに入ると、窓の右側に移動した。アルコーブの天井照明は消えていたが、コーラの自販機のプラスチック製前面パネルは明るく照らされており、バラードはその照明ではなく、隠れ場所が必要だった。自販機のうしろに手を伸ばし、コンセントからプラグを抜くと、その引きこみになったエリアは真っ暗闇になった。バラードは影のなかでうしろに下がり、待った。腕時計を確認し、三分が経過するのを見ようとする。

そうするのと同時にアルコーブと十八号室のあいだの壁越しに電話が鳴る音が聞こえた。四回呼びだし音が鳴ってから、電話に出る、くぐもった、不満げな声が聞こえた。バラードはローヴァーのマイクを二度オンにし、道路で待っている応援チームに待機の警告を送った。

壁越しにくぐもった声が聞こえつづけ、バラードはネトルズがフロント係に質問をしているのだろうと推測した。バラードはアルコーブの端までいき、ピックアップ・

トラックが見える角度を確保した。そうするのと同時にドアがあく音が聞こえた。そちらを見るまえに一瞬、バラードは影のなかに戻り、ローヴァーのマイクに向かって囁《ささや》いた。「ゴー。動いて」

バラードがアルコーブの角にじりじりと戻ると、ブルージーンズ以外なにも身につけていない男がひとつの段ボール箱を押して、トラックの荷台に入れようとしているのが見えた。背中をバラードに向けており、ジーンズのうしろのベルトラインに差しこまれた黒い拳銃の銃把が見えた。

それが事態を変化させた。バラードは腰のホルスターからすばやく自分の武器を抜くと、アルコーブからサッと出た。重たい箱と格闘している男は背後から近づくバラードを見ていなかった。バラードは銃を構え、ローヴァーを口元に持っていった。

「容疑者は武装している、容疑者は武装している」

そののちローヴァーを地面に落とし、両手で銃を支え持ち、戦闘姿勢を取り、容疑者に狙いをつけた。その瞬間、自分が戦術的ミスを犯したのに気づいた。ピックアップ・トラックのドアのところにいる男と十八号室のドアを同時に射程に入れられなかった。もし客室にほかにだれかいれば、バラードの機先を制することができた。バラードは横に動きはじめ、ふたつの危険な攻撃点のあいだの角度を狭めようとした。

「警察よ！」バラードは叫んだ。「両手を見せなさい！」

男は凍りついたが、従おうとはしなかった。両手は箱を摑んだままだった。

「トラックの屋根に両手を置きなさい！」バラードは怒鳴った。

「できない」男は言い返した。「もしそんなことをしたらこの箱が落ちてしまう。おれは――」

一台のパトカーが猛スピードで道路から駐車場に入ってきた。バラードはトラックのそばにいる男から目を離さずにいたが、周辺視野でパトカーを捕らえていた。安堵《あんど》の思いがドッと体のなかを流れる。だが、まだ安全な状況ではないとわかっていた。

バラードはパトカーが停車し、パトロール警官たちが降りてくるまで待った。容疑者ひとりに銃が三挺《ちょう》になった。

「伏せろ！」スミスが怒鳴った。

「地面にだ」テイラーが怒鳴る。

「どっちだよ？」トラックのそばの男は叫んだ。「女のほうは両手を屋根に置けと言う。あんたたちは地面に伏せろと言う」

「地面に伏せろ、クソ野郎、さもないと力ずくでさせるぞ」スミスが怒鳴った。

スミスの声には、忍耐力が尽きかけていることをはっきり示す緊張感が表れていた。トラックの男はそれを読み取るくらい賢かった。

「わかった、わかった、伏せるよ」男は叫んだ。「落ち着いてくれ、落ち着いて。いまから伏せる」

男はピックアップ・トラックから一歩後退し、箱を地面に落ちるに任せた。箱のなかのガラス製のなにかが割れる音がした。男は両手を上げてバラードのほうを向いた。バラードから銃は見えなくなったが、男の両手から目を離さずにいた。

「アホども」男は言った。「おれのブツを壊させやがって」

「膝をつけ」スミスが怒鳴った。「いますぐ」

容疑者は片脚ずつ膝をついてから、アスファルトの上に腹ばいになった。頭のうしろで両手を組み合わせる。身柄拘束のルーティンを男は心得ていた。

「バラード、そいつを押さえろ」スミスが叫んだ。

バラードは武器をホルスターに収め、手錠を抜き取りながら、近づいた。片手を男の背中に押し当てて、男を動かぬようにしてから、反対の手でベルトラインから銃を引っこ抜いた。その武器を制服警官たちのいる方向へ向かってアスファルトの上を滑らせた。そののち片膝を男の腰のくびれ部分に押し当てると、手錠をかけるため、両手を一気に背中へ回させた。ふたつ目の手錠がカチリと締まった瞬間、バラードはほかの警官たちに叫んだ。

「助力無用《コード・フォー》！　うまくいったわ！」

15

バラードが手錠をかけた男は、クリストファー・ネトルズだと判明した。だが、それは本人からではなく、尻ポケットに入っていた財布から判明したものだった。手首に手錠をかけられた瞬間、ネトルズは、弁護士を要求し、それ以外なにか喋《しゃべ》るのを拒んだ。バラードはネトルズをスミスとテイラーに引き渡し、十八号室のあいたドアに向かった。銃をふたたび抜くと、客室の安全を確保し、ほかの容疑者が隠れていないことを確認せねばならなかった。すでに今晩一度、ストーミー・マンデーのルームメイトに不意を打たれていた。もう一度そんな事態を起こさせるつもりはなかった。

部屋に入ると、オンラインショッピングで注文した箱や品物が積み重ねられていた。ネトルズは盗んだクレジットカードを使って、それを質入れしたり売ったりできる商品に変えるというなかなかの事業をおこなっていた。室内にほかの現住者はいないとすばやく判断し、バラードは外に出た。

ネトルズは重罪で有罪になって仮釈放中であるため、バラードは違法捜査および不当拘束から市民を守る憲法で保障された権利によって制約を受ける心配はなかった。法的定義によって、刑務所から仮釈放中であることは、ネトルズはまだ州に身柄を拘束されていることを意味していた。仮釈放を受け入れることによって、ネトルズはみずからを守る権利を放棄していた。担当保護観察官は、ネトルズの自宅と車と就業場所に判事の認可不要のアクセスを認められていた。

バラードは携帯電話を取りだし、ハリウッド地区を担当する州の保護観察官であるロブ・コンプトンの携帯番号にかけた。バラードはコンプトンを起こした。過去に何度となくそういうことをしており、相手がどう反応するのか、バラードはわかっていた。

「ロビー、起きて」バラードは言った。「あなたの客のひとりがハリウッドで暴れたよ」

「レネイか？」コンプトンは言った。起き抜けで声がかすれている。「バラード、クソ、ファッキンな金曜の夜だぞ！　ところで、いま何時だ？」

「生活費を稼ぐお時間よ」

コンプトンは再度毒づいたが、バラードは頭をはっきりさせるため相手に数秒の猶予を与えた。

「もう起きた？　クリストファー・ネトルズ、知ってるかしら？」

「いや、おれの担当しているやつじゃない」

「というのは、サンディエゴ郡からここに来ているからね。そっちじゃ知られているはず。だけど、彼はハリウッドにいる。だから、あなたの案件になる」

「そいつは何者だ？」

「被害者在宅中の住居侵入で二年服役して仮釈放中。ここで二週間、並外れた技能を発揮してきたみたい。アマゾンやターゲットの箱がいっぱい詰まったモーテルの一室があり、あなたに仮釈放条件に違反した罪で彼を告発してもらわなきゃならないの。わたしが部屋のなかに入って、証拠品を調べられるように」

「どこのモーテルだ？」

「サンタモニカ大通りにあるシエスタ・ヴィレッジ。場所はわかるはず」

「ああ、何度かいったことがある」

「で、いまから出てきて、こいつの件でわたしに手を貸してくれるよね？」

「バラード、ダメだ。おれは死んだように眠っていて、あしたはうちの坊主たちと釣りにいくことになっている」

　コンプトンが離婚しており、週末にしか会えない息子が三人いることをバラードは知っていた。一晩じゅうある事件を担当したのち、コンプトンといっしょに帰宅した朝、そのことを知った。

「ねえ、ロビー、お願い、ここは〈ベスト・バイ〉のバックヤードみたいになっている。あ、それから忘れてたけど、そいつは火器を持っていた。あなたが手伝ってくれたら、ほんとに恩に着るから」

いまは臆面もなく自分のセクシャリティを利用する機会のひとつだった。男性警察官に彼らがやることになっていることをやらすのに役立つなら、バラードはためらわずに利用した。コンプトンは仕事の腕はいいが、夜に出てくるのを渋る場合が往々にしてあった。たとえ本務外の仕事をやったとしても、コンプトンは通常の業務時間を守らねばならなかった。それに加えて、バラードは、非番のとき、彼がそばにいるのを好んでいた。彼は魅力的できちんとしており、彼の息はいつも清々《すがすが》しく、バラードがいっしょに働いてきた警官の大半がとっくの昔に失ってしまったユーモア感覚を持っていた。

「半時間くれ」ようやくコンプトンは言った。

「商談成立」バラードは即座に言った。「それだけあれば準備万端整えておく。ありがと、ロビー」

「さっきそっちが言ったように、ひとつ貸しだぞ、レネイ」

「大きな借りよ」

最後のセリフで半時間と言っていたのから十分間は削れるだろう、とバラードは知っていた。コンプトンが来てくれるのを知って、バラードは嬉しかった。保護観察の部門の人間を引っ張りこむと、物事がかなりすんなりいくようになる。コンプトンはネトルズの仮釈放を取り消す権限を有しており、それは同時にネトルズの法的保護を停止させることにもなる。モーテルの客室を調べる捜索令状を取得するために地区検事局あるいは不機嫌な当番判事と交渉する必要がなくなるのだ。全面的捜索をおこなうために客室およびピックアップ・トラック両方に入れるようになる。

また、容疑者を保釈なしの逮捕手続きを取って拘束もできた。ネトルズは、新しい事件での罪状で起訴されるまえにも——仮に起訴されるとして——シャバの交流から外れ、刑務所に舞い戻るだろう。刑務所への再収監と事件の解決は、司法制度をまえに進めるのに充分な威力を発揮することがままある。刑務所の過密状態が非暴力的犯罪への量刑を軽いものにせざるをえなくしているため、仮釈放違反で一、二年刑務所に戻るであろうネトルズは、もしこれまで犯した窃盗事件での訴追を上乗せされれば、本来下される懲役刑よりもさらに長い懲役刑をおそらく科されるだろう、とバラードはわかっていた。実際には、銃の所持に対する訴追は、地区検事局が考慮するであろう唯一の追加訴追になるだろう。

コンプトンとの通話を終えると、バラードはスミスとテイラーのところに歩いていき、ネトルズを分署に連行し、前科者の火器不法所持の容疑で逮捕手続きを取れる、と伝えた。自分は現場に残り、保護観察官の到着を待つ、とバラードは言った。それからモーテルの客室の物品を調べる、と。

スミスは反応しなかった。命令を受けたあとたんにゆっくりと動いており、バラードはスミスがなにを気にしているのか、わからなかった。

「どうかした、スミティ？」バラードは訊いた。

スミスはなにも言わずに、バラードの車の後部座席にいるネトルズの身柄を預かろうとして車に近づきつづけた。

「スミティ？」バラードは再度声をかけた。

「タクティクスだ」スミスは振り返らずに言った。

「いったいなんの話？」バラードは訊き返した。

スミスは答えなかった。そのためバラードはスミスのあとを追った。男性警官に――とりわけ指導役の警官に――なにかを言われぬまま放っておかないほうがいいとバラードは心得ていた。彼らには影響力がある。アルコーブから出てきたときに自分がとったまずい角度のことだろうか、とバラードは思ったが、ふたりのパトロール警官がそれを目にできるほど早く着いていたとは思えなかった。

「話して、スミティ。戦術《タクティクス》がどうしたの？」

スミスは自分がはじめた言い合いを止めたがっているかのように両手を上げた。

「いいえ、あなたが持ちだした話よ」バラードは食い下がった。「あの男は車の後部座席に入れている。だれも怪我をしなかった。一発の銃弾も発射されていない。わたしの戦術がどうだというの？」

スミスは振り返ってバラードを見た。テイラーも立ち止まったが、自分のパートナーの不満がいったいなんなのか途方に暮れているのは明らかだった。

「あんたのレイド・ジャケットはどこにある？」スミスは言った。「それに防弾ベストを着ていないのもわかるぞ。その一、あんたはそのふたつを着用すべきだったのに着用していなかった。その二、おれたちはあんたのケツを守るために駆けつけるのではなく、がさ入れ時にここに入って立ち会うべきだったのにそうさせなかった」

バラードは相手の言い分をすべて把握してうなずいた。

「そんなの馬鹿げた言い草よ」バラードは反駁《はんばく》した。「レイド・ジャケットと防弾べスト未着用でわたしを垂れこむつもり？」

「だれがあんたを垂れこむなんて言った？」スミスは言った。「おれはたんに意見を述べているだけだ。それだけだ。あんたはこの逮捕を正しくやらなかった」

「わたしたちはあいつを捕まえた。大事なのはそれ」

「警官の安全がなによりも大事なんだ。おれはこの新米に現場を教えようとしている。あんたは手本になっていない」

「きのうの夜、サンタモニカ大通りの事件現場に現場保全のテープを張らないと決めたとき、あなたは手本になっていたの？」

「なんだと、あのドラゴンの事件か？　バラード、あんたのほうが馬鹿げた言い分を投げつけてきているぞ」

「わたしが言わんとしているのは、武器を持った重罪人を逮捕し、だれも怪我をしなかったでしょということ。ぼくちゃんは重要なことを学んだと思う。だけど、彼の耳にそんな戯言を詰めこみたいのなら、勝手にするがいい」

スミスはバラードの覆面パトカーの後部座席ドアをひらき、その議論を終わりにした。容疑者のまえで言い争いをしないほうがいいとふたりともわかっていた。バラードはスミスに手を振ってもうけっこうという仕草をすると、十八号室に引き返した。

スミスとテイラーがネトルズを連れてモーテルから走り去った十五分後にコンプトンが到着した。それまでにバラードは怒りを消し去り、あいているドアのまえで行きつ戻りつしていた。かなり冷静になっていたとはいうものの、スミスの苦情は頭から数日は離れず、ネトルズ逮捕で成し遂げたものに対する気持ちを濁すだろうとバラードはわかっていた。

コンプトンは体格のいい男で、自分の筋肉を強調し、観察を担当する仮釈放者たちに強い印象を与えたり、ビビらせたりするためのピッタリしたシャツをいつもは着ていた。だが、今夜、コンプトンはダボッとした長袖のネルシャツを着て、体の特徴をあらわにしていなかった。

「だいじょうぶかい？」コンプトンが訊いた。

「ええ、元気よ」バラードは答えた。「どうしてそんなことを訊くの？」

「顔が赤いからさ。で、おれが担当するやつはどこにいる？」

「そいつを取り押さえるのに少々昂奮させられることがあったの。パトロール・チームが逮捕手続きのため連れてった。もし保釈なしの手続きを取りたいなら、当直司令のところにあなたを連れていく。あなたが担当すると向こうには連絡済み」

「それはありがたい。きみはここをどんなふうに調べたいんだ？」

「この客室にはたくさんの物品がある。そこからはじめようと考えている。わたしたちが取り押さえたとき、トラックに積もうとしていた箱を除いて、トラックのなかは空だった。ちなみに箱に入っていたのは液晶ＴＶで、割れてしまった」

「じゃあ、そうしよう」

「当直司令に連絡したところ、分署にある監視用ヴァンをだれかがここに運んでくるそうよ。願わくは、ここにあるものが全部その車に収まればいいんだけど」

「いい考えだな」

彼らは残りの夜を作業で費やし、十八号室の物品の一覧表を作り、箱やほかの品物をヴァンに積んだ。以前にいっしょに働いたことから生じる気易《きやす》い親密感がふたりにはあった。作業のなかで、隠されていたクレジットカードを見つけた。そこには八つの異なる名前が記され、なかにはレスリー・アン・ランタナのハンドバッグから盗まれたカードもあった。また、あらたにふたつの火器も発見した。客室のマットレスの下に押しこまれていたのだ。

分署に戻るとバラードは、クレジットカードに記されたほかの名前のうち五人の名を過去七日間にハリウッド分署に届出があった窃盗事件と結びつけられた。その一方、コンプトンは机とコンピュータを借りて、三挺の銃の追跡を連邦政府のＡＴＦ局こと、アルコール・煙草・火器局で調べた。いずれの火器もバラードが見つけた窃盗報告書には現れていなかったが、コンプトンは、グロック――ネトルズがベルトラインに差しこんでいた銃――が二年まえテキサスで盗まれたと報告に上がっているのを見つけた。その盗難の詳細は、コンピュータ上では入手できなかった。コンプトンは、ATF局にさらなる情報を求める要請をおこなったが、彼もバラードも、その要請に対する返事は週単位でなくとも数日単位で遅れるだろうとわかっていた。

午前六時までに、モーテルの客室から回収されたすべての商品は、分署の裏口の外に停めた保管用トレイラーに収められ、ピックアップ・トラックは押収され、牽引されてきて、在庫リストとネトルズ逮捕に関する万全な報告書が窃盗課の管理職の机に置かれた。月曜日の朝まで管理職は出勤しないが、急ぎの用はなかった。ネトルズはどこへもいかないからだ。コンプトンが正式に保釈なしの拘束手続きをネトルズに関して取った。

三挺の押収された拳銃が最後に処理する品目だった。すべての火器は保管課のオフィスにある火器専用ロッカーに収納されるまえに銃器専用保管箱に収められた。バラードはコンプトンを刑事部に残し、その銃を持っていった。火器専用ロッカーの扉をバタンバタンと開閉している音にマンロー警部補が気づき、彼は廊下を通って、保管室に顔を覗かせた。

「バラード、今夜はいい仕事をしたな」

「ありがとうございます、警部補」

「どれくらい容疑をかけられると思う？」

「クレジットカードに八つの異なる名前がついており、いまのところ六つの事件と結びついています。みんなクレジットカード詐欺事件の被害者になるでしょうね」

「で、銃は？」

「一挺は二年まえダラスで盗まれたと届けがあったものです。詳細をATF局に問い合わせました。来週、もっとわかればいいんですが」

「ごまんと余罪のある単独犯か、はっ？　いい逮捕だった。警部も気に入ると思う」

「警部はわたしを嫌っていますから、それはどうでもいいですよ」

「警部は事件を解決し、街からクソ袋どもを追い払う者であればだれでも気に入るよ。奇妙な話だが、このネトルズという野郎は、禁断症状室に入るのを嫌だと言ったんだ」

マンローが言っているのは、ネトルズが麻薬常用者であることを否認し、禁断症状を起こすであろう被拘禁者用クッション入り独房へ入るのを断ったということだった。これは珍しいことだった。たいていの窃盗事件は、ドラッグを買い、禁断症状を起こさぬための金を得る必要性が動機になっていた。ネトルズはそれとは異なっているのかもしれない。バラードは逮捕のあいだ、彼に対処した短い時間に、麻薬依存の身体的徴候を目にしていなかった。

「なにかのために札束を増やしていました」バラードは言った。「ネトルズはポケットに現金で二千六百ドル持っていました。質札の束といっしょにトラックにさらに千ドルが見つかっています。クレジットカードを盗み、その口座がシャットダウンされるまえにオンラインで物を買い、それを質に入れて現金化していたんです」

「どこの質屋だ？」

「数軒の異なった質屋です。レーダーの下をかいくぐろうとして、質屋を複数利用していたんでしょう。謎なのは、客室やトラックのなかにノートパソコンがなかった点です」

「レンタル・オフィスにいって、借り物のコンピュータを使っていたにちがいない」

「そうかもしれません。あるいは、相棒がいたのかも。窃盗課が月曜日にそれを突き止められるでしょう」

マンローはうなずいた。気まずい沈黙が降りる。バラードは相手にはなにかほかに言いたいことがあるとわかっており、それがなんなのか勘づいていた。

「で」バラードは言った。「スミティがわたしに苦情を申し立てたんですか？」

「ああ、あいつは戦術についてなにか言っていた」マンローが答えた。「だが、あいつのことは心配していない。わたしの当直中は、結果を出したら万事オーライだ」

「ありがとうございます、警部補」

「だからと言って、きみを心配していないわけではない」

「あの、警部補、あの男を捕らえるのに最善の方法があれだったんです。いまでも、もしまたやらなければならないなら、まったくおなじことをやります――あの男を部屋から出てこさせます。ただスミティをあんなにひどく混乱させないように、防弾ベストとレイド・ジャケットは着ますけど」

「抑えて、抑えて、バラード。ときどききみは恐ろしい野良猫みたいになる。スミティは混乱していなかった、いいな？　あいつはただ新米に、どうすべきか知っておいてもらいたかっただけだ」

「お好きなように。わたしへの苦情を書類にはしないとおっしゃっているんですね」

「ああ、しない。スミティには、わたしがきみと話をすると言っておいた。そしていま話をしている。それだけだ。今回の件で学ぶんだ、バラード」

バラードは返事をするまえに黙りこんだ。この件を丸く収めるためにバラードからなんらかの謝意の表明を警部補が求めているのはわかったが、自分が間違っていないと知っているのにそれを表明するのは難しかった。

「わかりました、そうします」ようやくバラードはそう言った。

「けっこう」マンローは言った。

マンローは当直オフィスに戻っていき、バラードは刑事部屋に引き返した。彼女のシフトは終わっており、一晩ほとんどラモナ・ラモネ事件に近づけなかったのが残念だった。体の芯まで疲労が重くのし掛かり、トーマス・トレントに関して次の段階を考えるまえに睡眠が必要だとわかった。

バラードが刑事部屋にたどり着くと、コンプトンがまだそこにいて、彼女を待っていた。

「いきましょう」バラードは言った。

「どこへ？」コンプトンは言った。

「あなたの家へ」

16

バラードは青い夢のなかに深く潜っていた。父親の長髪と伸ばし放題のひげが頭のまわりに奔放に広がって浮かんでいる。その目はカッと見ひらかれていた。水は温《ぬる》く感じられた。父の口から泡がこぼれ、ふたりのはるか上のくすんだ光に向かって上昇していった。

バラードは目をあけた。

コンプトンがベッドのかたわらに座り、バラードの肩に手を置いていた。優しくゆすってバラードを起こしている。コンプトンの髪の毛はシャワーを浴びて濡れており、すっかり着替えを終えていた。

「レネイ、おれはいかないと」コンプトンは言った。

「なに？」バラードは言った。「いま何時？」

バラードは夢と眠気をふるい落とそうとした。

「十一時二十分まえだ」コンプトンは言った。「まだ眠っていてかまわない。出かけると伝えたかっただけさ。息子たちを迎えにいかなきゃならない」

「わかった」バラードは言った。

バラードは仰向けになり、天井を見上げた。自分のいる場所を確認しようとする。両手で目をこする。コンプトンの車で彼の家に来たのを思いだす。自分のヴァンはまだ分署に置いたままだ。

「なんの夢を見ていたんだい？」コンプトンが訊いた。

「どうして、わたしなんか話していた？」バラードが問い返す。

「いや、きみはただ……とても緊張していたように見えた」

「父の夢を見ていたんだと思う」

「お父さんはいまどこにいるんだ？」

「亡くなった。溺れたの」

「ああ、それはお気の毒に」

「ずいぶんまえのことなんだ――二十年以上まえ」

はかなく消えた夢の残滓が戻ってきた。助けを呼ぶ声のように泡が水面に上がっていくのを思いだす。

「おれといっしょに釣りにいかないか？」コンプトンは訊いた。

「うーん、いいえ、パドルにいって、それから少し仕事をする」バラードは言った。「だけど、ありがと。いつかあなたの息子さんたちに会いたいな」

コンプトンはベッドから立ち上がり、箪笥に向かった。ブルージーンズのポケットに財布と現金を入れはじめる。バラードはコンプトンの様子を眺めていた。幅広い筋肉隆々の背中をしており、太陽を象《かたど》ったタトゥの炎二本の先端がTシャツの襟から上に覗いていた。

「お子さんをどこへ連れていくの？」バラードは訊いた。

「マリーナの入り口近くの岩場に降りていくだけさ」コンプトンは答えた。

「そこで釣りをするのは、合法なの？」

コンプトンはバラードに自分のバッジを示してから、ベルトに留めた。その意味は明白だった。もしライフガードあるいはほかのだれかが、マリーナ・デル・レイの入り口にある防波堤で釣りをするのは違法だと伝えようとすれば、コンプトンは法執行機関除外のルールを適用するつもりだった。

「パドルをしているときにそっちへいくかもしれない」バラードは言った。「あなたたちを探してみる」

「ああ、寄ればいい」コンプトンは言った。「きみを釣り針で引っかけないように気をつける」

コンプトンは箪笥から振り返り、笑みを浮かべ、出かけようとした。

「冷蔵庫にオレンジジュースが入っている」コンプトンは言った。「すまんな、コーヒーはないんだ」

「それはかまわない」バラードは言った。「〈スターバックス〉に立ち寄る」

コンプトンは近づいてきて、ふたたびベッドに腰を下ろした。

「じゃあ、父親が溺れたとき、きみはまだ子どもだったんだ」

「十四歳だった」

「なにがあった？」

「父はサーフィンをしていて、波の下に入り、二度と浮かんでこなかった」

「きみはそこにいたのか？」

「ええ、だけど、わたしはなにもできなかった。わたしは頭がおかしい人間になったかのように叫びながら、ビーチを走りまわっていた」

「それはキツいな。きみの母親はどうだった？」

「彼女はその場にいなかった。あの人は一度もわたしの人生の一部であったことがなかった。そのときも、いまも」

「お父さんが亡くなってからきみはなにをしたんだ？」

「それまで暮らしてきたように暮らした。ビーチで、寒くなると友だちの家のカウチで。そしたら一年ほどして、わたしが十六のとき、祖母がやってきて、わたしを見つけ、こっちへ連れ戻してくれた。父が育ったヴェンチュラに」

コンプトンはうなずいた。ふたりは肉体的には限りなく近しかったが、どちらもそれぞれの生活のもっとも内なる部分を共有したことは一度もなかった。バラードは一度もコンプトンの息子たちに会ったことがなく、彼らの名前すら知らなかった。バラードは一度もコンプトンに離婚について訊いたことがなかった。いまこの瞬間がおたがいをより近しいものにするかもしれず、あるいは遠ざけてしまうのに役立つかもしれない、とバラードにはわかった。

バラードはベッドの上で体を起こし、ふたりは抱きあった。

「じゃあ、また」コンプトンは言った。「連絡してくれ――仕事の件じゃなく」

「わかった」バラードは言った。「だけど、昨夜はありがとう」

「いつでも参上するよ、レネイ」

コンプトンはキスをしようと近づいてきたが、バラードは顔を背け、相手の肩のほうを向いた。

「あなたは歯を磨いた。わたしは磨いてない」バラードは言った。

バラードはコンプトンの肩にキスをした。

「きょう、魚が食いつくといいね」バラードは言った。

「もしなにか釣れたら写真をメールするよ」コンプトンは言った。

コンプトンは立ち上がり、部屋を出ていった。バラードは玄関のドアが閉まる音と、ついで正面にある車のエンジンがかかる音を耳にした。バラードは、数分間、あれこれ物思いをしてからシャワーを浴びにいった。少し痛かった。シフト終わりのセックスはけっしていいセックスにならない。性急で、通り一遍で、肉体の満足を通して生を再確認するための原始的な衝動に仕えて、手荒なことがよくあった。バラードとコンプトンは愛を交わさなかった。ふたりともたんにおたがいから必要なものを手に入れただけだった。

シャワーから出ると、昨夜着ていたのとおなじ服を着る以外の選択肢がなかった。ネトルズが客室を出て、銃を持っているのを見た瞬間からアドレナリンを分泌した汗のにおいがブラウスに残っているのに気づく。一瞬、動きを止め、そのときのゾクゾクする感覚を蘇《よみがえ》らせる。その感覚は習慣性があり、危険だった。それを求めてやまない自分のどこかがおかしいのかもしれない、とバラードは思った。

服を着ながら、仕事をはじめるまえにクリーニング済みのスーツに着替えなければと心にメモした。きょうの目標は、トーマス・トレントの前妻の行方を追い、ちょっと見てくることだった。セプルヴェーダ大通りでの逮捕の数ヵ月後、彼女はトレントと別れており、おそらく前夫の秘密をたくさん知っているだろう。直接彼女に事情聴取するか、あるいは自分が警官であることを隠して会話を試みるか、どちらかの判断を下さねばならないとわかっていた。

鏡で自分の姿を確認し、指で髪を梳いていると携帯電話にショートメッセージが届いた振動を感じた。まだバッテリーが生きていることに驚いて、スーツのポケットから取りだし、画面を確認した。シャワーを浴びているあいだにかかってきて出損ねたジェンキンズからの電話と、近いうちにローラを迎えにくるのかと訊ねるペットシッターのセイラからのショートメッセージに気づいた。

バラードはまずセイラにショートメッセージを打ち、迎えが遅くなった詫びをし、一時間以内にローラを迎えにいくと伝えた。次にジェンキンズに電話をかけ直した。昨晩の状況を確認してきただけだろうと思いながら。

「パートナー、どうかした？」バラードは訊いた。

「たんにお悔やみを述べようと電話しただけだ」ジェンキンズは言った。「ひどいニュースだった」

「いったいなんの話？」

「チャステインだ。RACERを受け取っていないのか？」

ジェンキンズが言っているのは、リアルタイム《R》・アナリシス《A》&クリティカル《C》・エマージェンシー《E》・レスポンス《R》課からのデジタル警報のことだった。重大犯罪や市民活動が発生しているときに刑事職の全員に送られる電子メール。バラードはけさ、電子メールをまだチェックしていなかった。

「いえ、見ていない」バラードは言った。「チャステインがどうかしたの？」

みぞおちに悪い予感が膨らんでいくのを感じた。

「あー、死んだ」ジェンキンズが言った。「けさ自宅の車庫で死んでいるのをチャステインの嫁さんが見つけたんだ」

バラードは歩いてベッドに腰を下ろした。まえのめりになり、胸を膝に押しつける。

「ああ、神さま」バラードに絞りだせたのはその言葉だけだった。

二日まえの夜、刑事部屋で対峙したときの記憶が蘇る。一方的な対峙だった。ある種の疚しさがどっと訪れて、チャステインにみずからの命を絶たせたという考えが脳裏に浮かんだ。そのとき、警察自殺案件では、RACERの警報を送ってこないと思いだした。

「ちょっと待って」バラードは言った。「どんな形で彼は死んだの？　自殺したんじゃないよね？」

「ああ、チャステインは撃たれた」ジェンキンズは言った。「何者かが車庫で車から降りようとしたチャステインを殺ったんだ。RACER警報では、処刑スタイルの銃撃だと言っている」

「ああ、なんてこと」

バラードは取り乱していた。確かにチャステインは彼女を裏切ったが、バラードの心は、それを飛び越して、そのまえの五年にわたる強固なパートナーシップ時代を思いだしていた。チャステインは腕のいい、信念のある捜査員だった。バラードがやってくる五年まえから強盗殺人課にいて、多くのことをバラードに教えてくれた。いまやチャステインは亡くなり、すぐに彼のバッジと名前は、市警本部ビルの外にある殉職警官記念碑の父親の名前に加わるだろう。

「レネイ、だいじょうぶか？」ジェンキンズが訊いた。

「だいじょうぶ」バラードは答えた。「だけど、いかなきゃ。あそこへいくつもり」

「それはあまりいい考えじゃないな、レネイ」

「かまうもんですか。あとで連絡する」

バラードは電話を切り、ウーバー・アプリを起動して、ハリウッド分署まで戻る車を手配した。

チャステインは妻と十代の息子とともに、市の最北西部の角にあるチャッワースに住んでいた。市のなかでは、ダウンタウンと市警本部ビルからもっとも遠い場所だが、それでも市の境の手前だった。たいていの警官は仕事が終わると市から脱出し、市の境の外側に暮らしていたが、チャステインには野心があり、自分が警察官として守っている市にむかしから住みつづけてきたと昇進審議委員会で語ることで報われるのだとずっと信じていた。

いったん分署に戻ると、バラードは急いでクリーニング済みのスーツに着替え、レイトショーに割り当てられている覆面パトカーに乗ると、北を目指し、三つのことなるフリーウェイを乗り継いでチャッワースにたどり着いた。ジェンキンズからの電話を受け取ってから一時間後、バラードはパトカーや覆面パトカーがトリガー・ストリートの末端にある袋小路《ふくろこうじ》に長い列を作っているいちばんうしろの縁石に車を寄せて停めた。通りの標示板を通り過ぎると、チャステインが銃の引き金《トリガー》・ストリートに住んでいるということをしょっちゅう冗談にしていたのをバラードは思いだした。いまやそれが悲しい皮肉になってしまったようだった。

車を降りて最初にバラードが気づいたのは、現場周辺にマスコミの姿がなさそうなことだった。どういうわけか、ロスを取材対象にしているおおぜいの記者たちのだれもこの話に気づいていないか、情報を得ていないようだった。たぶん土曜日の朝で、地元マスコミ装置は遅いスタートを切りつつあるせいだろう。

バラードは首からバッジをぶら下げて、ドライブウェイの黄色い現場保全テープに近づいた。マスコミを除く犯罪現場につきもののいつもの参加者たち全員が見えた――刑事、パトロール警官、鑑識係、検屍局技師。その家はチャツワースが市内のまったくの僻地《へきち》だった頃に建てられた前世紀なかばのランチハウスだった。車二台分の広さがある車庫の扉があいていて、活動の中心になっていた。

デヴォンシャー分署のパトロール警官が黄色いテープのそばでクリップボードを持って立っていた。バラードは名前とバッジ番号を伝え、相手がそれを書き記しているあいだにテープを潜った。車庫に向かってドライブウェイを歩いていると、かつて強盗殺人課でいっしょに働いたことがある刑事が、外に出て、両手を上げ、バラードを止めようと近づいてきた。刑事の名はコーリー・ステッドマン。バラードは彼と揉めたことは一度もなかった。

「レネイ、待った」ステッドマンは言った。「ここでなにをするつもりだ?」

バラードはステッドマンのまえで立ち止まった。

「彼はわたしのパートナーだったの」バラードは言った。「なぜわたしがここにいるのか、とあなたは思うわけ?」

「警部補がきみを目にするとひどく気分を害するんだ」ステッドマンは言った。「なかへ入れるわけにはいかん」

「オリバスが? なぜ彼のチームがこの事件を担当しているの? 利益相反じゃない?」

「なぜなら〈ダンサーズ〉事件と関係しているからだ。われわれはふたつを結びつけている」

バラードはステッドマンを迂回しようと動いたが、相手はすばやくサイドステップを踏んで、バラードの行く手を遮った。ふたたびバラードの体のまえに片手を上げる。

「レネイ、通せない」ステッドマンは言った。

「わかった、だったら、なにがあったのか教えて」バラードは言った。「なぜチャステインは車庫にいたの？」

「昨晩、帰ってきたときに撃たれたとわれわれは考えている。発砲犯は車庫のなかで待っていたか、あるいは、より可能性が高いのだが、外で待っていて、ケニーが車で入ってきたとき、ブラインドになるところからケニーの背後に近づいたんだろう」

「それは何時のこと？」

「嫁さんは十一時にベッドに入った。ケニーから、少なくとも午前零時過ぎまで働いているだろうというショートメッセージを受け取っていた。嫁さんはけさ起きて、夫が帰宅していなかったことを知った。ショートメッセージを送ったけど、返事がなかった。彼女はゴミを車庫に置いてあるゴミ箱に捨てにいき、ケニーを見つけた。それが九時ごろだ」

「どこで彼は撃たれたの？」

「運転席に座っていて左のこめかみを一発。願わくは、ケニーがなにも気づかずにいたことを」

バラードは怒りと悲しみの感情が胸のなかでないまぜになり、一瞬、押し黙った。

「で、シェルビーは銃声を聞いていなかったの？　タイラーはどう？」

「タイラーはバレーボール・チームの友だちと週末を過ごしていた。シェルビーはなにも聞いていない。即席のサイレンサーがあったからだとわれわれは考えている。車の座席と死体に少量の紙の繊維と液体の残留物が見つかっている。粘っこい液体だ。オレンジ・ソーダだと考えているが、結論はラボの検査次第だ」

バラードはうなずいた。ステッドマンが話しているのは、銃口に一リットルのソーダ入りペットボトルをテープで留める方法だと、バラードはわかっていた。液体を抜いて空にし、綿やペーパータオルなどを詰める。その仕掛けは銃の発射音をかなり減衰させるが、ペットボトルのなかにある材料を若干、外に発射させてしまうのだ。

そしてその仕掛けは一発しか発砲しない場合にのみ有効だった。発砲犯は、その一発で仕事を完了させられる自信があったにちがいない。

「チャステインは昨晩どこにいたの？」バラードは訊いた。「彼はなにをしていたの？」

「実際のところ、警部補は六時にケニーを帰らせた」ステッドマンは言った。「それまで十八時間ぶっ通しで働いていたので、警部補は、休みを取るようにとケニーに言った。だが、家には帰らなかったんだ。証人を説き伏せる必要があり、帰るのが遅くなる、とショートメッセージを送ってきた、とシェルビーは言っていた」

「それが彼のメールで送ってきた言葉？　〝説き伏せる〟？」

「ああ、そうだと聞いてる」

バラードはパートナーを組んでいたとき、チャステインが何度もその言葉を使うのを耳にしていた。チャステインにとって、〝証人を説き伏せる〟というのは、複雑な状況に対処する、という意味だと、バラードは知っていた。無数の理由を指しており、ややこしくなりうるが、口の重い証人を探しに出かけるという意味である場合がかなり多かった。言うことを聞かせ、法廷に出頭させるか供述をさせる必要がある証人を。

「その証人は何者？」

「わからん。ケニーが伝え聞いたか、情報を得ただれかだろう」

「で、彼はひとりで調べていたの？」

「彼は班の鞭振り役《ホイップ》だった。ほら、きみが……異動してから」

ホイップは警部補に次ぐ立場に格上げされた刑事のことだった。たいていの場合、昇進に備えて身繕いをしており、割り当てられたパートナーを持たない刑事だった。チャステインが単独で出かけたかもしれない理由はそれで説明できる。

「シェルビーの様子はどう？」バラードは訊いた。

「わからん」ステッドマンは答える。「彼女と話をしていないんだ。家のなかで警部補が彼女に対応している」

オリバスに触れたことで本人が召喚されたようだった。ステッドマンの肩越しに、警部補が車庫から歩みでて、こちらに向かってくるのが見えた。オリバスは上着を脱いでおり、ワイシャツの袖をまくり、ショルダー・ホルスターがあらわになっていた――左側に銃、右側にふたつの弾倉を収めてバランスを取っている。声を低くしてバラードはステッドマンに警告した。

「あいつがやってきた」バラードは囁いた。「もう一度、ここから出ていくようにわたしに言って。大きな声で」

ステッドマンが警告の意味を理解するのに一拍間があった。

「言っただろ」ステッドマンは語気強く言った。「きみはここにいられないんだ。車に戻ってくれ――」

「コーリー!」オリバスがうしろから吠《ほ》えた。「わたしが対処する」

ステッドマンは振り返り、オリバスがうしろにいることにいま気づいたふりをした。

「彼女は出ていきます、警部補」ステッドマンは言った。「心配にはおよびません」

「いや、なかへ戻れ」オリバスは言った。「バラードと話をしなければならない」

オリバスはステッドマンが車庫へ戻っていくのを待った。バラードはオリバスをじっと見て、やってくるであろう口撃に備えた。

「バラード、きみはきのうチャステインとなんらかの接触をしたか？」オリバスは訊いた。

「発砲事件のあと、朝になって彼に証人を引き渡してからはありません」バラードは言った。「それだけです」

「わかった。ならば、ここを出ていってもらう。きみはここでは歓迎されていない」

「彼はわたしのパートナーだったんです」

「元パートナーだ。嘘をついて、きみがあいつを説き伏せようとするまでのな。いまそれを埋め合わせできるなどと、一分たりとも考えるな」

バラードは両手を大きく広げ、ふたりが立っているドライブウェイで自分たちの話を聞くことができる人間がだれかいるだろうかというようにまわりを見まわした。

「なぜ嘘をつくの？　ここにはだれもいないじゃない。しょっちゅう自分に言い聞かせているので、本気で信じているなんて言わないでよ」

「バラード、きみは――」

「わたしたちふたりともなにが起こったのかはっきりとわかっている。市警でのわたしの軌道はあなた次第だ、わたしは結果を出さなければならない、さもなければわたしは追いだされる、と一度ならず、あなたにはっきり言われていた。そうしたらあのクリスマス・パーティーで、わたしは壁に押しつけられ、あなたは自分の舌をわたしの喉まで突っこもうとした。わたしの顔のまえでその件で嘘をつけば、そんなことが起こらなかったとわたしが思いこむのに役立つとでも思ってるの？」

オリバスはバラードの声の激しさに面食らったようだった。

「出ていけ。さもなければこの場所から出ていくまで人をつける」

「シェルビーはどうなの？」

「彼女がどうとは？」

「あそこにひとりで残してきたの？　だれか付き添っている人間が必要よ」

「きみがか？　百万ファック年経ってもダメだ」

「わたしたちは親密な関係だった。わたしは彼女の夫のパートナーだったし、彼女はわたしが夫と寝たりしないとわたしを信用していた。ここでわたしはあなたの役に立てる」

オリバスはその選択肢を一瞬考慮したようだった。

「ここはわれわれで対処する。きみはわれわれの一員ではない。少しはけじめを見せろ、バラード。少しは敬意を示せ。三十秒やる。それでも動かなければ、パトロール警官にきみをここから排除するよう命じる」

そう言うと、オリバスは背を向け、ひらいた車庫に向かって戻っていった。バラードはオリバスの歩く先を見て、車庫のなかの何人かの人間がこっそりいまの対峙の様子を窺っているのを目にした。また、元パートナーの帰宅用覆面パトカーが右側の駐車スペースに停まっているのも見えた。トランクがあいており、それは事件捜査のためか、あるいは運転席に倒れているチャスステインの遺体が見えるのを遮ろうとしているためだろうか、とバラードは思った。

チャスステインはパートナーができる最悪の形でパートナー関係を裏切った。受け入れがたく、許しがたいことだったが、バラードはチャスステインの野心を考えたうえで理解していた。それでも、個人的な報いがもたらされるだろう、最終的にチャスステインは正しいことをするだろう、わたしを支援し、彼が目撃したオリバスの行動を世間に話してくれるだろう、とずっとバラードは考えていた。いまやその機会は永遠に失われた。バラードはチャスステインと自分自身に対して、喪失感を覚えた。

バラードは踵《きびす》を返《かえ》し、通りに向かってドライブウェイを引き返した。停車しようとしている黒いSUVの傍らを通り過ぎる。その車が市警本部長を運んでいるのをバラードは知っていた。自分の車にたどり着くまえに涙で目が痛くなっていた。

17

バラードはセイラに平身低頭謝ってローラを引き取り、ビーチに向かった。最初、飼い犬とともに砂の上に足を組んで座り、太陽が水平線に沈んでいくのを眺めた。パドルはしないと決めた。夕暮れになると鮫《さめ》が餌を求め、海岸線を行き来する、とバラードは知っていた。

チャステインが父親の真実の話をしてくれたときのことをバラードは思い返した。内務監査課でケチな仕事をしている男で、みずからの行動が一因で火を点けてしまった人種的緊張の爆発のさなか、車から引きずりだされ、暴徒に殺されてしまったという。チャステインは警官になり、昇進し、父親の死の封印された記録を引っ張りだしてこられるくらいになるまで真相を知らなかった。とても誇りに思って育ってきた糧に、バッジを持つ人間として、密《ひそ》かに深い屈辱を与えられた、とチャステインはバラードに打ち明けた。それが昇進階段をのぼっていこうという彼の野心に火を点け、なんらかの形で父と自分自身の名誉を挽回《ばんかい》しようとさせた。

唯一の問題は、そののぼる過程でバラードを踏みにじったことだ。

「レネイ？」

バラードは顔を起こした。ライフガードのアーロンがそこに立っていた。

「だいじょうぶかい？」アーロンは訊いた。

「ええ、だいじょうぶ」バラードは答えた。

バラードは頬から涙をぬぐった。

「わたしをほんとにひどい目に遭わせた人がきょう死んだの」バラードは言った。

「じゃあ、どうして悲しんでるんだい？」アーロンは訊いた。「そんな男、ざまあみろ、じゃないか。相手が男かどうか知らないけど」

「わからない。彼がやったことをもう二度と変えられなくなったからかな。死んでしまって、永遠に変わらなくなってしまった」

「言いたいことはわかる」

「複雑なんだ」

アーロンは〝救命《レスキュー》〟の文字が記された赤いナイロンジャケットを着ていた。気温が、いまにも大海原に浸かりそうになっている太陽とともに低くなりかけていた。空は蛍光ピンク色に染まりつつあった。

「今夜ここで眠るつもりじゃないよな？」アーロンは訊いた。「夜間パトロールが土曜の夜、出張ってくる」

「眠らない」バラードは言った。「仕事にいくつもり。ただ、日没を見たかったの」

アーロンはおやすみと言って、ライフガード・タワーに向かってビーチを歩いていった。そこでアーロンは暗くなるまで監視をつづけるのだ。バラードは陽が黒い海面に沈むのを見つめてから立ち上がった。またしても自分とローラのため、ボードウォークでテイクアウトの料理を買い、近くのベンチに座って食べた。料理にあまり食欲が湧かず、注文したブラックビーンズとイエロー・ライス、プランテーンの料理の半分をホームレスの男にあげた。男の名前はネイトだとバラードは知っていた。ネイトはことしの一月までストリート・アーティストをしており、前の大統領の肖像画を売って、まずまずの稼ぎをしていた。新しい大統領の絵は売れ残るんだ、とネイトはバラードに言った。彼の支持者はヴェニス・ビーチに来ないんだから、と。

バラードは、ローラをセイラの家に戻し、犬とシッターに再度詫びてから、市内を東へ戻り、事件へ戻った。シフトがはじまることになっている三時間まえにハリウッド分署に到着する。ロッカールームでスーツに着替えたのち、黒い伸縮性のある服喪バンドをバッジのうしろから伸ばして、盾部分の正面にかけた。

刑事部屋に入ると、いつもの場所に腰を落ち着け、コンピュータでの作業にすぐ入り、ロサンジェルス・タイムズのウェブサイトをひらいた。市警のデータ・ネットワークを利用できるのはわかっていた——たいていの事件捜査は、内部でアクセスするため基本情報をオンラインに置くようにしている——だが、そうすることで利用者を特定できる痕跡が残る。バラードは、〈ダンサーズ〉のブースで殺された三人の男の名前を知りたかった。市のマスコミの旗頭であるタイムズは、大量殺人から四十八時間近く経っているいまならそれを摑んでいるだろう、とバラードは信じていた。

バラードの考えは正しく、検屍局が近親者への通知と解剖を完了したのち死者の氏名を公表したという記事をすぐに見つけた。その記事では、未確認の発砲者に殺された〈ダンサーズ〉の従業員がシンシア・ハデルとマーカス・ウィルバンクスであり、座っていたブースのなかで殺害された三人の客がコーデル・アボット、ゴードン・ファビアン、ジーノ・サンタンジェロであることを明らかにしていた。

名前を入手すると、バラードは、犯罪インデックスと車両局のコンピュータにログインして、ブースの三人男の背景調査に進んだ。これもまた、検索の痕跡を残すだろうが、事件のオンライン・ファイルをひらくため市警のアクセス権を利用するほど容易には検知されないだろう。後者の方法だとフラグを残してしまい、すぐに事件担当捜査員たちにバラードの行動を警戒させることになる。

バラードはひとりずつ三人の名前を調べていき、個々のプロフィール・データを構築した。TV番組で昨晩伝えられていたように、三人とも前科があった。バラードの好奇心レベルを上昇させたのは、彼らが犯罪地下社会の異なる部分の出身のようであり、あのブースで三人が会ったのは異例であるということだった。

コーデル・アボットは、三十九歳の黒人男性で、賭博違反で四回の有罪判決を受けていた。いずれの場合も、違法賭博の胴元になったとして起訴されていた。平たく言えば、アボットは呑み屋《のみや》だった。競馬からドジャースの試合にいたるまで、スポーツ関係の賭けを引き受けていた。四度の有罪判決にもかかわらず、アボットは州刑務所に一度も服役していないようだった。せいぜい、週単位か月単位で郡拘置所に収監されていたくらいで、年単位の服役はなかった。

同様に、ゴードン・ファビアンも、さまざまな麻薬関連犯罪で有罪判決を受けた長い経歴があるにもかかわらず、刑務所での服役を免れていた。ファビアンは白人で、五十二歳。今回の大量殺人事件のなかでは最年長の被害者だった。バラードは、一九八〇年代まで遡って十九回の逮捕を数えた。それらはいずれも個人での使用あるいはごく少量の麻薬密売による逮捕だった。大半の事件でファビアンは執行猶予になるか未決勾留期間を越えない刑期の判決を受けていた。一部の事件では、訴えが取り下げられていた。しかしながら、殺害されたときに、ファビアンはついに大リーグへの昇格を果たし、一キロのコカイン所持の罪で連邦裁判所での裁判が待ち構えていた。保釈中ではあったが、もし有罪になれば、長期間の実刑判決が下されるはずだった。

三番目の被害者、ジーノ・サンタンジェロは、四十三歳の白人男性で、三人のなかで唯一暴力事件の前科があった。彼は十五年間で三度暴行罪で訴追されていた。ひとつの事件は、火器がらみのもので、サンタンジェロは銃を撃ったが、被害者を死亡させてはいなかった。ほかの二件では、罪状はGBI——重大肉体損傷《グレート・ボディリー・インジャリー》を地区検事局に追加されていた。二件それぞれで、サンタンジェロは答弁取引によって、より軽い罪の有罪を認め、より軽い刑罰を受けていた。最初の有罪判決は火器の使用が関わっており、それによってサンタンジェロは州刑務所に三年服役した。そのあと、彼は賢くなったようで、レパートリーのなかから銃の使用を外した。刑期が年単位で追加されるからだ。その後の逮捕では、被害者に暴行を加える際に自分の手足を使っており、有罪を認めることで、不法接触や治安妨害のような、より軽い罪になり、郡の拘置所で一年以下の服役で済むようになっていた。目のまえにある個々の事件の詳細を摑むまでもなく、バラードのサンタンジェロに対する見立てでは、彼はギャング組織の荒事担当《エンフォーサー》だった。バラードは三番目の事件に注目した。その事件では、GBI付き暴行罪でサンタンジェロは起訴されていた。答弁取引で軽罪の不法接触での有罪になっていた。そんなふうに罪が軽くなるためには、証人あるいは被害者の問題があるにちがいない、とバラードにはわかっていた。サンタンジェロには暴力での逮捕歴があるが、被害者、あるいはおそらく証人も、証言するのを怖《おそ》れたか、証言を拒んだのだ。その結果、懲役三十日の判決が、郡拘置所での一週間に減刑された。

事件記録の抜粋の行間を読んで、バラードが類推できることがたくさんあったが、詳しい事件のまとめにアクセスする手段がなかった。それができれば犯行と個々人を文脈のなかでとらえられるだろう。それをするには、実際のファイルを引きだす必要があり、それは土曜日の夜にはできないことだった。バラードは三人の男たちの逮捕写真を見た。それにより彼らが殺されたブースでのそれぞれの座っていた場所を思いだせた。

コーデル・アボットの居場所は簡単にわかった。なぜなら、彼が唯一の黒人被害者だったからだ。バラードは、アボットの死体がブースの空いている座席スペースのすぐ左側にあったのを見た覚えがあった。ということは、アボットは発砲犯のすぐ隣にいたのだ。

ゴードン・ファビアンの側面写真は、彼が白髪まじりのポニーテールをしていたことを示しており、それによってファビアンが発砲犯の真向かいの席に座っていたのがわかった。ファビアンはブースから半分倒れかかっていた被害者だった。彼のポニーテールが絵筆のように自身の血に浸かっていた。

そうなると、ジーノ・サンタンジェロはファビアンの隣に座っていたことになる。

バラードはデスクチェアに寄りかかり、自分が知っていることと、推測できることについて考えた。四人の男がブースに腰を滑らせる。彼らは適当に座る位置を決めたのか、それとも男たちの力関係に基づく座り順があったのか？　呑み屋と荒事担当、麻薬密売人、そしてほとんど情報がない発砲犯。

それに加えて、発砲の順番の問題がある。バラードは、事件報告書や証拠品報告書にアクセスできないでいるが、発砲犯を別にしてほかに武器を持っている人間を挙げるとするなら、サンタンジェロをバラードは選ぶだろう。以前に銃がらみの犯罪で有罪判決を受けており、強面《こわもて》戦術のなかで火器の使用をやめたようではあるが、携行するのをやめた可能性は低かった。サンタンジェロの前科は、彼が職業的犯罪者であることを示しており、銃はその商売の道具のひとつだろう。

そのことは次の疑問に繋がる。アリグザンダー・スペイツが提供した、ほんの一瞬の自撮り動画は、発砲犯が最初にファビアンを撃ったのをはっきり映していた。麻薬密売人のファビアンを。もしサンタンジェロの正体を知っていて、彼が武装している可能性がきわめて高いという知識を発砲犯が持っていたのなら、なぜ彼はファビアンを最初に撃ったのか？

明らかに不完全な情報からバラードはいくつもの結論を導きだした。最初の結論は、ブースにいた男たちはおたがいをまったく知らなかった、というものだ。発砲犯が、三人のなかでだれかを知っていたとしたら、呑み屋のアボットを知っていた可能性はある。自分の隣に座っていたからだ。そして、発砲犯が最初に麻薬密売人を撃ったのは、敵意から、あるいははずみでだろうとバラードは考えた。ブースでの打ち合わせの最中に起こった問題の責任を麻薬密売人に取らせたというなら、敵意からだろう。たんに近い順でほかの男たちを撃つことに決めたのなら、アボットが最初の被害者になっただろう。サンタンジェロが武器を持っているのを知らなかったとしたら、そうするのがもっとも手早く、もっとも安全に撃つ方法だったはずだ。

バラードは自分の推測ではなんの結論も生まないのをわかっていた。無数のほかの可能性と要素があった。発砲犯は会合に加わるまえにほかの連中の携行している武器を確認していたかもしれない。席順は、たんに男たちがばらばらに到着して決まった可能性もあった。確かなことをなにひとつ知る方法はなく、バラードが最後に下した結論は、自分は自分の担当事件ではなく、近寄るなとはっきり命令を受けた事件に関して無駄な努力をしているというものだった。

だが、それでもバラードはこの事件を調べるのを止められなかった。チャステインのせいで、この事件に引きつけられた。そしてもし市警に気づかれたなら、確実に免職になるであろう動きをバラードは検討していた。

バラードとチャステインは、オリバスに対する告発を巡って仲違《なかたが》いするまで五年近くパートナーを組んでいた。その間、優先度が高く、ときには危険な捜査を熱心におこなってきた。それがふたりを近づけ、いろんな意味で、ふたりのパートナー関係は結婚のようなものになった。職業人としての一線を越えたり、境界があやふやなものになることは一度もなかったが。だが、ふたりは仕事関係のあらゆることを共有しており、バラードは市警のコンピュータ・システムに入るためのチャステインのパスワードすら知っていた。バラードはチャステインがログインするときに、何度となく隣に座っていたので、パスワードに気づいて覚えてしまわずにはいられなかった。市警では刑事たちに毎月パスワードを変更するよう要求していたが、捜査員というものは習慣性の生き物であり、たいていは大元が不変のパスワードの最後の三文字をたんに月と年を使ってアップデートするだけだった。

チャステインがメインのパスワードをふたりのパートナー関係が解消したあとに変更した可能性は低い、とバラードは思っていた。バラード自身も自分のパスワードを変えていなかった。覚えやすいものだったからだ――父の名前のスペルを逆に綴《つづ》ったものだ――また、自分にはなんの重要性もない文字や数字の組み合わせをわざわざ記憶したくなかった。チャステインのパスワードは、結婚した日付に自分と妻のイニシャルを付け、いまの月と年を加えたものだと、バラードは知っていた。

チャステインのアカウントが彼の死後すでに削除されているだろうとはバラードは思っていなかった。ロス市警のような官僚機構では、デジタル・アクセス部門が、ユーザーのアクセス権をシステムから消し去るまでに数ヵ月はかかる可能性があった。だが、もしいまチャステインとしてログインすれば、その違反行為はログインに使用したコンピュータまで追跡可能だとバラードは知っていた。そのコンピュータが厳密にはバラードのコンピュータではなく、あるいはバラードの机ではないのはどうでもよかった。バラードは第一容疑者になり、その結果、警察機構から追放されるだろう。仮にハッキングに対する刑事訴追がなかったとしても。

バラードはコンピュータから自分のアカウントでのログオフをし、入力画面を呼びだした。しばしのあいだ、机を指でトントンと叩き、次のステップに踏みだすことに対して、内なる声が警告を発するのを待った。だが、その声は聞こえなかった。バラードはチャステインのユーザーネームとパスワードを入力し、待った。

ログインできた。いまや元のパートナーの幽霊をシステムのなかに追いかけられるようになり、すばやくチャステインに許可されたアクセス権を使って、〈ダンサーズ〉事件のファイルをひらいた。無数の事件現場報告書と証拠報告書をひらき、同様に証人聴取の要約と、事件を担当する捜査員たちが書きこみつづけている時系列記録もひらいた。バラードはそれらの報告書にざっと目を走らせて、内容を確認すると、あとで徹底的に目を通すため、刑事部屋にあるプリンターに送った。他人の家に侵入し、発見されないうちに出ていかねばならない気持ちになっていた。

十五分後、バラードはログアウトし、自由の身となった。プリンター室へいき、五センチ近い厚さの束を手にした。

次の一時間、バラードは時間をかけてその書類に目を通した。大半は決まりきった内容の書類だったが、一部の報告書は、犯行と個々の人間が果たした役割についてより詳細な内容を提供してくれた。もっとも顕著なのは、ブースにいた三名の被害者のかなり詳しい背景報告書だった。サンタンジェロについての経歴紹介では、彼がラスヴェガスに本拠を置く組織犯罪ファミリーに関係する、名の知れた高利貸兼借金取り立て人であると記していた。加えて、事件現場報告書には、サンタンジェロのスーツのズボンのウエストバンドに四五口径の拳銃が差しこまれていたという記載があった。銃は、ネヴァダ州サマーランドで二〇一三年に起こった住居侵入事件で使用されたものであるところまで追跡できていた。

中身がないことが驚きだったひとつの書類は、ビデオ調査報告書だった。〈ダンサーズ〉の出入り口に設置されていた監視カメラの映像と、店の近くにあるサンセット大通りおよび近隣の店舗のカメラ映像を見てみたところ、発砲犯と目される容疑者あるいは容疑者が使用する車両がいっさい映っていなかった、とそこには記されていた。ビデオ部門は、逃走車両あるいは、殺人犯が向かった方向――東なのか西なのか――をほんのわずかでも示す映像情報を提供できずにいた。バラードには、まるで発砲犯が、店内に監視カメラがないのを知っているか、写らずにすり抜けることができるカメラとカメラの隙間に基づいて会合場所を選択したかのように思えた。

がっかりしてバラードは、書類に目を通しつづけ、最後に捜査の時系列記録を読んだ。五名の刑事がこの事件をフルタイムで担当しており、それに加えてオリバス警部補がいた。そのことから、二人組の刑事チーム二組と、特捜班の鞭振り役であるチャステインが作成する三種類の時系列記録が生まれていた。オリバスの作成した時系列記録はいまのところなかった。

それらの書類からバラードは、捜査の動きを見て、捜査の第一の焦点がサンタンジエロであることを識別できた。今回の大量殺人は、犯罪組織の構成員に対する暗殺であり、ほかの四名は巻き添え被害であるかもしれない、と考えられていた。刑事チームのひとつは、その方向を追跡するためラスヴェガスに派遣されていた。

これらすべてがチャステイン殺しで変わってしまうだろう、とバラードはわかった。捜査の優先順位が考え直されるだろう。もし刑事殺しと〈ダンサーズ〉大量殺人事件が科学捜査によって、あるいはほかの証拠によって結びつくなら、殺人犯がまだロサンジェルスにいることを明らかに意味しているだろう。

バラードはチャステインの時系列記録に最後まで目を通した。チャステインは律儀にバラードの意見を聞いて、証人のアリグザンダー・スペイツの身柄を預かるため、ハリウッド分署に来たことも記録していた。また、スペイツといっしょにクラブに来ていた友人で仕事仲間のメトロを、ウエスト・ハリウッドのラ・ホーヤ・アヴェニューに住む、マシュー・ロビスン、二十五歳であることをあとで確認していたとも記していた。

チャステインは金曜日の朝、〈スリック・キックス〉店舗の店長から情報を得たあとで、ロビスンのアパートで本人に話を聞いていた。その入力のあとの時系列記録に記されたメモには、〝DSS〟とあった。なにひとつ見ていない《ディドント・シー・シット》証人を示す、チャステインなりの略語だと、バラードは覚えていた。

スペイツもロビスンも証拠能力のある証人ではなかったが、スペイツが撮影したほんの一瞬の動画は、それでも高い価値を持っていた。もし捜査から刑事訴追や裁判がおこなわれることになれば、スペイツは証人になるだろう。最初に発砲された瞬間を捉えた自撮り写真を紹介するためだけであったとしても。スペイツがなんらかの形で検察に忌避されたなら、仲間のロビスンを証言に連れだし、スペイツの話を裏付けてもらうことができる。

チャステインの時系列記録に記された二件の通話がバラードの関心を呼んだ。最初のは金曜日の午後一時十分。チャステインがディーン・タウスンという名の人間にかけた電話だった。二番目のは、時系列記録の最後の記入事項で、なにひとつ見ていないと思われている証人、マシュー・ロビスンから午後五時十分にかかってきた電話だった。どちらの通話も、時系列記録にはなんの説明も記されていなかった。チャステインはあとで詳細を書きこんでおこうというつもりだったのだろう。だが、バラードは、今夜は仕事を切り上げるようオリバスに言われる少しまえに、その電話がかかってきて、チャステインがそれを記録していた点に注目した。

ディーン・タウスンという名前にバラードは聞き覚えがあったが、具体的に思いだすことができなかった。それでコンピュータでググったところ、すぐに連邦裁判所事件を専門にしている刑事弁護士のウェブサイトが画面に現れた。

「ファビアン」バラードは声に出して言った。

カチリとはまった。ファビアンは連邦犯罪の麻薬所持での訴追に直面していた。タウスンは連邦事件を専門にしている。タウスンが一キロのコカイン事件におけるファビアンの弁護人であり、発砲がはじまったとき〈ダンサーズ〉のあのブースに依頼人がいた理由を知っているかどうか確かめようとチャステインは連絡した可能性があった。

バラードはTV画面の上の壁掛け時計を確認し、午後十時になろうとしているのを見た。車両局のデータベースを通じてタウスンの自宅住所を摑み、訪ねていってドアをノックできる、とバラードはわかっていたが、土曜日の夜遅くであり、弁護士に近づくのは、昼間の時間帯のほうがもっと愛想よく迎えられるだろうと判断した。弁護士をいまから訪問する考えを脇へどけ、ロビスンがチャステインにかけてきた番号を呼びだした。時系列記録には、213の市外局番が記載されていた。電話は応答されず、社交的な挨拶抜きでメッセージを記録するビープ音が鳴った。バラードはメッセージを残した。

「ロビスンさん、こちらはロス市警のバラード刑事です。わたしはあなたが金曜日にチャステイン刑事と交わした電話での会話のフォローアップをしています。折り返し電話をかけていただけますか？」

バラードが自分の携帯番号を吹きこんでいると、TV画面のひとつにケン・チャステインの家の外が映っているのが見えた。マスコミがついにその事件の報道をはじめていた。画面の音量は小さくされていたが、録画された映像には、何人かの記者に話しかけている市警本部長の姿が見えた。オリバスは本部長の左側のすぐうしろに立っていた。本部長は青褪めているようだった。あたかも〈ダンサーズ〉のあのブースではじまったことがなんであれ、彼の警察の奥深くまで手を伸ばし、取り返しのつかないダメージを与えたかのように。

本部長の声明の中身がどんなものなのか、バラードは聞かずともわかった。

バラードが目を通した最後の書類のセットは、検屍に関してチャステイン自身が取ったざっくりとしたメモだった。全体の事件ファイルに提出するための報告書を書く下準備として、デジタル・ファイルに送っていたものだ。その仕事を完成させる機会を得るまえに彼は死んだ。

この事件は最重要の優先度が与えられている——検屍局長、ドクターJ自身が現場に出動するほど優先度が高かった——ため、遺体の吟味は金曜日の朝、検屍局長のオフィスでおこなわれた。ドクターJの監督の下、数多くの検屍官補たちがそれぞれの遺体に割り当てられた。被害者たちの死因にほとんど疑いがなく、遺体から銃弾を取りだすことが捜査上の重要なステップであり、個々の解剖に優先度の高い区分がなされた。通常、解剖は、二十四時間から四十八時間経っても予定に入ることはなかった。それなのに今回の解剖は死亡後十二時間も経たぬうちにおこなわれた。

ドクターJはファビアンの解剖を自身でおこなった。実際の解剖報告書は、作成されるのに何日もかかるだろうが、チャステインが立会捜査員としてメモを取っていた。それらのメモのなかで、事件に関する考えを新しい方向に向けさせる文章と疑問にバラードは出くわした。

チャステインのメモによれば、ドクターJは、ファビアンの胸の傷は死亡時にできたものの、火器によって生じたのではないI度の熱傷であると分類した。チャステインはその結論にもう一つメモしていた――「バッテリーによる火傷《やけど》？」

バラードは、チャスティンとドクターJとオリバス警部補が事件現場でファビアンの死体のまわりに集まり、胸部を詳しく見ていたのを思いだし、凍りついた。いまやバラードはその理由がわかった。ファビアンが胸に負った火傷は、バッテリーからもたらされたものかもしれない。

バラードはすばやくファビアンの所持品報告書に戻ったが、遺体から回収されたもののリストのなかで、火傷を説明できるものはなにもなかった。銃撃時にファビアンを火傷させたものがなんであれ、現場から持ち去られていたのだ――おそらくは銃撃犯によって。

すべてがバラードの方向に転がって集まってきた。ファビアンは盗聴装置を身につけていた、とバラードは考えた。〈ダンサーズ〉の会合に盗聴器を仕掛けていたのだ。そしてその装置のバッテリーがファビアンに火傷を負わせだした。覆面捜査の際によく知られている危険だった。コンパクトな盗聴装置が過熱し、人間の体の脂や汗でバッテリーとアーク接続をしてしまう場合があった。プロの覆面捜査官は、絶縁手段を講じ、体の汗腺から離れた場所にゴムで被覆した装置を置くことで、彼らの言う盗聴器火傷《バグ・バーン》を避けようとするのだった。

バラードが目を通したファビアンの背景情報には、彼が覆面捜査官として働いていたことを示すものはなにもなかった。だが、ファビアンの胸には、〈ダンサーズ〉の大量殺人事件で別の方向を示す火傷があった。

バラードは、チャステインがなにかを嗅ぎつけ、それが殺される原因になったのかもしれない、と思った。

18

バラードは日曜日の午前九時まで待ってから、ディーン・タウスンの家のドアをノックした。深夜勤務の比較的事件の少ない夜を過ごしたあと、スタジオ・シティの〈デュパーズ〉で朝食を食べて、ここにやってきた。出動要請は二回だけで、最初は自殺者処理の署名のため、二番目は失踪したアルツハイマー病の老人捜索の応援のためだった。老人は、通報場所にバラードが到着するまえに近所のカーポートで見つかった。

真夜中にタウスンに連絡を取ろうとする衝動を抑えるため、意志と忍耐力のすべてが必要だった。ケン・チャステインの解剖メモについて考えれば考えるほど、〈ダンサーズ〉のブースで起こったことの謎を解く鍵をタウスンが持っているかもしれないとバラードはいっそう思えてならなかった。

だが、なんとか自制心を働かせ、出動要請のあいだの時間を利用して、〈ダンサーズ〉のブースで殺害された三人の男について、あらゆる法執行機関のデータベースに深く潜りこみ、詳しい情報を探った。その努力は夜明け直前に報われた。三人の男の犯罪歴と、彼らの収監場所を照合することで、交わった場所を見つけられたのだ――三人全員が以前に出会い、関わりあった可能性のある場所を。五年まえ、ブースにいた三人とも、キャスティークにあるピーター・J・ピッチェス矯正センターに収監されていた。

ピッチェスはロサンジェルス郡の巨大拘置システムの一部だった。数十年まえ、そこは最小限度の警備しか備わっていない酔っ払い農場だった。不運なごろつきどもが、アルコールを断ち、酔っ払い運転や公共の場での酩酊《めいてい》の罪での刑期を務める場所だった。いまは郡のシステムのなかで最大の施設であり、厳重警備の下で運営されていた。ほぼ八千人の男性がそこに収容され、裁判を待っていたり、一年以下の刑期を務めたりしている。二〇一二年五月、サンタンジェロは不法接触による九十日の刑期のなかばをピッチェスで務めている一方、ファビアンは麻薬所持の罪で三十日間の拘留中であり、アボットは違法賭博の六ヵ月間の刑期をそこで務めているところだった。バラードが判断するかぎりでは、三人の収監期間はピッチェスで三週間重なっていた。

ピッチェスは大きな施設だとバラードは知っていた。被収監者に聴取するため、そこに何度もいったことがあった。だが、バラードは、ブースにいた三人を含むであろう被収容者プールの規模を縮める方法を知っていた。ギャングは、人種と所属組織によって分離されていた。ピッチェスのギャング用に確保されている収容施設は、収容能力の半分に達していた。バラードは、ブースの三人のだれの記録にもストリートギャングに所属していた形跡を見つけていなかった。

残り半分は、裁判や審問を待っている者のための施設や、すでに有罪判決を受けて刑期を務めている者たちの施設にさらに分離されて収容されていた。サンタンジェロとファビアンとアボットは後者のグループに属していた——彼らはすでに判決を受けていた。それにより三人が泳いでいたプールには、約二千人の被収監者がいたことになる。三人の男たちが交流するのが充分可能なくらいの少ない人数だ、とバラードは思った。三人とも風俗犯罪に関わっていた——賭博、高利貸、麻薬——そして刑務所の鋼鉄の囲いの奥ですら、自分たちのビジネスに携わっていたかもしれない。要するに、〈ダンサーズ〉での運命的な最後の会合に先立つ五年まえから、サンタンジェロとファビアンとアボットが知り合いだったとバラードが信じる充分な理由があった。

バラードが目を通した事件報告書のどこにも、〈ダンサーズ〉大量殺人事件の公式捜査がブースにいた被害者たちに関しておなじ結論に達したことを示すものはなかった。バラードは、いまやジレンマに陥っていた。自分の情報を捜査陣とわかちあう方法を探るべきかどうか。捜査陣を率いるのが警察からバラードを追いだすのに最大限の努力をしてきた男だというのに。

加えて、三人の男に関するバラードの結論は、ブースにいた未知の四番目の男――発砲犯――に跳ね返りうる。男もまたほかの三人とともにピッチェスにいたのだろうか？　彼もまた風俗犯罪の世界で動いてきたのか？　あるいはほかの男たちとの関わりは、まったく異なる角度から生じた人間なのか？

シフトが終わり、分署を出て、朝食に向かうと、バラードは捜査をつづけ、自分の見つけたものを正規の捜査に伝える方法を探しだそうと決めた。どういうわけか、自分はチャスティンに借りがある気がした。

食事を終え、力を蓄えると、バラードはタウスンが出かけるまえに近づきたいと思った。八時がバラードの好む時刻だったのだが、きょうが日曜であることから、余分に一時間の睡眠時間を与えた。タウスンの協力を期待しており、この余分な睡眠時間を与えたことが報われてほしかった。

また、ロサンジェルス・タイムズを読む時間ができるまえにタウスンを捕まえたかった。タイムズ紙にチャステイン殺人事件の記事が載っている、と知っていたからだ。もしタウスンがその殺人事件に気がつけば、チャステインを狙った人間がだれであれ次に自分を狙ってくるかもしれないと怖れて、バラードに話をするのを拒むかもしれなかった。

チャステインのこの二日間の行動は、すべて彼の殺害を捜査している刑事たちによってあとをたどられるだろう、とバラードはわかっていた。〈デュパーズ〉で読んだタイムズの記事では、今回の殺人事件は〈ダンサーズ〉事件捜査と絡めておこなわれるが、実際に捜査するチームは重大犯罪課の刑事たちになるだろう、と伝えていた。

バラードはタウスンの自宅住所を車両局のコンピュータから摑みとり、厚紙のトレイに入れた二カップ分のコーヒーを持って、朝食後、シャーマン・オークスへ向かった。

刑事弁護士はディケンズのタウンハウスに住んでいた。ちょうどヴェンチュラ大通りの一ブロック南だった。そこは地下に駐車場があり、表からの出入りにはオートロックの鍵が必要だった。バラードは歩道で待ち、だれかが犬の散歩にゲートを通ったときに入れ違いになかに入った。

「鍵を忘れちゃって」とバラードは口ごもりながら言った。

バラードはタウスンの家のドアを見つけ、ノックした。ベルトからバッジを外し、掲げ持って、用意をしていた。タウスンは寝間着と思《おぼ》しき格好で応対に出てきた――ワークアウト用のズボンとナイキのスウィッシュ・ロゴが入っているTシャツ姿だ。五十がらみで、背が低く、腹がぽっちゃり出ていて、眼鏡をかけ、白髪交じりのひげを生やしていた。

「タウスンさん、ロス市警です。二、三、お訊きしたいことがあります」

「どうやってこの建物に入ったんだ？」

「保安ドアがあいていたんです。すんなり入りました」

「ドアにはスプリングが付いている。自動的に閉まったはずだ。いずれにせよ、ロス市警とはもう話をしたし、いまは日曜の朝だぞ。あすまで待てんかね？　法廷に出席する予定はない。終日、事務所にいるよ」

「いいえ、残念ながら、待てません。ご存知のとおり、重要捜査が進行中であり、われわれは聴取の照合確認をしているんです」

「照合確認とはいったいなんだ？」

「異なる刑事がおなじ地面を調べるんです。ときおり、ひとりが見逃したものを他の刑事が見つける場合がある。証人があらたな細部を思いだすこともあります」

「わたしはなにかの証人ではないぞ」

「ですが、あなたは重要な情報をお持ちだ」

「照合確認というのがどう聞こえるかわかるかね？　なにひとつ手に入れていないときの最終手段のように聞こえるぞ」

バラードは反応しなかった。彼女はそのことをタウスンに考えさせたかった。自分が重要な人間である気にさせ、いっそう口をひらきやすくさせるだろう。どうやらタウスンはチャステインが死んだことを知らない様子だった。バラードは厚紙のトレイを差しだした。

「あなたにコーヒーをお持ちしました」バラードは言った。

「それはけっこうだ」タウスンは言った。「自分で淹れるんだ」

タウスンはバラードがなかへ入れるよううしろに下がった。バラードは室内に入った。

タウスンはバラードにキッチンにある椅子を勧めた。彼がコーヒーを淹れているあいだに話ができるように。バラードは自分の〈デュパーズ〉のコーヒーを飲んだ。ほぼ二十四時間ぶっ通しで走りまわっており、コーヒーが必要だった。

「ここにおひとりで暮らしているんですか？」バラードは訊いた。

「そうさ」タウスンは言った。「まったくもって独り者だ。きみはどうだ？」

バラードに投げ返すには奇妙な質問だった。どういう状況になるのかずっと把握しようと用意してきた――この家にいるのが何者で、どのようにこの聴取をおこなえばいいか。タウスンの投じた質問は、適切な反応ではなかったが、バラードはそこに協力関係を育み、彼から必要としているものを手に入れる機会を見出《みいだ》した。

「真剣な関係はないですね」バラードは言った。「わたしは不規則な時間で働いており、なにかを維持しつづけるのは難しいんです」

ほら、わたしは彼に可能性を示してあげた。いまからは仕事に取りかかる時間だ。

「あなたは連邦政府取り扱いの麻薬事件でゴードン・ファビアンの弁護を担当していました」バラードは言った。

「そのとおり」タウスンは言った。「で、とてもシニカルに聞こえるのはわかっているが、彼が殺されたことで、自分のスコアボードに零点を入れずにすんだんだ。どういう意味なのかわかってくれればいいんだが」

「つまり、あなたはその事件で負けることになっていたというわけですか？」

「そのとおりだ。あの男は負けるはずだった」

「ファビアンはそれを知っていた？」

「わたしが話した。運転していた車のグラブボックスに一キロのブツを入れていて、正攻法で逮捕された。車には彼ひとりしかいなかった。車の所有者はファビアンだった。脱出方法はなにひとつなかった。車を停止させた相応の理由も完全に合法的だった。わたしには使える手がなにもなかった。裁判に打って出ることになっていたが、たちまちのうちに有罪評決が降りただろうな」

「ファビアンは答弁取引に興味はなかったんですか？」

「取引はいっさい提示されなかった。一キロのブツにはカルテルの印が付いていた。検察官は、ファビアンが組織との繋がりを白状した場合にのみ、答弁取引の話をするだろう。そしてファビアンは白状するつもりはなかった。なぜなら、歌ってしまったことでシナロア・カルテルに暗殺されるよりも五年間――それが裁量の余地のない最短の刑期だ――刑務所にいくほうを選ぶ、とファビアンが言ったからだ」

「ファビアンは保釈されています。保釈保証金は十万ドル。そのための金やあなたへの弁護料をどうやってこしらえたんでしょう？　あなたはとても腕のいい弁護士のひとり、この街で非常に弁護料の高い弁護士のひとりなのに」

「仮にそこにお世辞が入っていたとしても、ありがとう。ファビアンは母親の家と、ほかにいくつかの貴重品を抵当に入れたんだ。それはわたしの弁護料と保釈保証金の十パーセントを賄うのに充分な金額になった」

バラードはうなずき、生ぬるくなったコーヒーをたっぷり口にふくんだ。タウスンがオーバーヘッド・キャビネット・ドアに入っているガラスで自分の顔をこっそり確認し、髪をなでつけたのをバラードは見た。バラードは、担当案件に関して本来言うべきこと以上のことをタウスンに言わせていた。ひょっとしてそれは依頼人が亡くなり、もうかまうことはなくなったからかもしれなかった。ひょっとして、タウスンがバラードに関心を抱き、刑事のハートを摑む最良の方法が協力することだとわかっているからかもしれなかった。バラードは、いまこそこの訪問の目的に取りかからねばならないと、わかった。

「わたしの同僚のチャステインが金曜日にあなたに電話をかけました」バラードは言った。

「そのとおり」タウスンは答えた。「それにいまきみに話したことをたっぷり彼に話した。わたしはなにが起こったのかなにも知らないんだ」

「なぜ木曜の夜にファビアンが〈ダンサーズ〉にいたのか、まったくわからないのですか？」

「全然わからん。わたしが知っているのは、彼は死に物狂いになっていたということだ。そういう連中は死に物狂いのことをする」

「たとえばどんな？」

「どんなのかわたしにはわからない」

「ファビアンが一度でもコーデル・アボットあるいはジーノ・サンタンジェロという名前をあなたに言ったことはありましたか？」

「われわれはいま、弁護士と依頼人間の守秘義務の領域にさまよいこんでおり、それは死後も強固に守らねばならないものなんだ。だけど、こう答えよう――その答えはノーだ、と。ファビアンは彼らのことをわたしに向かって口にしたことは一度もなかった。もっともファビアンが彼らを知っているのは明白だったが。結局のところ、ファビアンは彼らといっしょに殺されたんだ」

バラードは核心をつくことにした。タウスンは守秘義務の線を越えようとするか、しないかのどちらかだ。

「なぜファビアンは〈ダンサーズ〉のあの会合に盗聴器を身につけていったんでしょう？」バラードは訊いた。

タウスンは答えるまえに、一瞬まじまじとバラードを見つめた。バラードはその質問がタウスンの心をグッと動かしたのがわかった。重要なことを意味しているのだ。

「それは興味深い」タウスンは言った。

「ほんとに？」バラードは言った。「なぜ興味深いのでしょう？」

「なぜなら、ファビアンがどん詰まりだとわれわれはすでに確信していたからだ。われわれの関係のある時点で、彼がカルテルを裏切るつもりがないなら、唯一の逃げ道はほかのだれかを差しだすことかもしれない、とわたしは彼に言ったんだ」

「で、それに対してファビアンはどう反応したんです？」

タウスンは重たい吐息を漏らした。

「知ってるだろ、わたしはここで弁護士と依頼人間の守秘義務の旗を振る必要があると考えている。両者のあいだの私的意思疎通にあまりにも深入りして――」

「お願いします、六人の人間が死んでるんです。あなたがなにか知っているのなら、わたしはそれを知らなければなりません」

「五人じゃなかったのか」

バラードは自分が口を滑らせ、チャステインを勘定に加えてしまったのに気づいた。

「五人のつもりで言いました。ほかの誰かを差しだせるかどうかあなたが訊いたとき、ファビアンはなんと言ったんですか？」

タウスンはようやく自分にコーヒーを注ぎはじめた。バラードは彼の様子を見守り、待った。

「きみはわたしが新米弁護士だったとき地区検事局のために働いていたのを知っているかね？」タウスンは訊いた。

「いいえ、それは知りませんでした」バラードは言った。

バラードは、タウスンの依頼人の背景調査をしたときにタウスンの背景調査をしなかった自分を心のなかでなじった。

タウスンは冷蔵庫からスキムミルクの半ガロン入り容器を取りだし、カップの表面をスキムミルクで覆った。

「そうだ、わたしは地区検事補として八年間勤めた」タウスンは言った。「後半の四年間、わたしはJ・SIDにいた。それがなんなのか知っているだろ？」

タウスンはそれを〝ジェイ・シド〟と発音した。だれもがそう呼んでおり、それがなにを意味するのか知っていた。司法制度健全性部《ジャスティス・システム・インテグリティ・デイヴィジョン》は、地区検事局自身の番犬部門だった。

「あなたは警官を捜査していたんだ」バラードは言った。

タウスンはうなずき、カウンターに寄りかかると、立ったままカップからコーヒーを口にした。それはある種の男っぽい仕草だとバラードは考えた。自分は立ったままでいて、会話でより高い位置を維持する。

「そのとおりだ」タウスンは言った。「で、われわれは盗聴装置を頻繁に利用したんだ、知ってるね？　汚職警官をねじ伏せるのにいちばんいい方法は、連中の発言をテープに取ることだ。公開法廷で自分自身の言葉が再生されると知ったなら、連中はかならず膝を屈した。みずからの有罪を証《あか》する言葉をね」

タウスンはそこで口をつぐみ、バラードはなにも言わなかった。タウスンが重要なことをバラードに与え、それでも死んだ依頼人との秘密保持契約の線を越えないでいようとしているのがわかった。バラードは待った。タウスンはコーヒーをさらに一口飲んでから先をつづけた。

「ファビアンが木曜日の夜にあのクラブにいた理由をわたしは知らないし、彼がだれと会っていたのか、あるいはその会合がどんなものなのか、わたしには見当もつかない、ともう一度改めて言うことからはじめさせてくれ。だが、答弁取引の交換材料としてだれかを差しだすつもりなら、自分よりも大きな魚でなくてはならない、とわたしはファビアンに説明した。つまり、そうしないとうまくいかないのが明白だ、と。ファビアンは自分よりもはるかに連邦地検が欲しがっている人間を差しだす必要があった」

「オーケイ。で、それに対してファビアンはなんと言ったの？」

「ファビアンは言った、『警官ではどうだろう？』と」

タウスンはコーヒーカップを持っている手を体から離して、弧を描くように動かし、あたかも、そこから話を引き継ぐことができるだろう、と言うかのようだった。

バラードは気持ちを整え、考えを整えた。タウスンがいま言った話は、バラードが一晩じゅう考えに考えてきた仮説と合致していた——すなわち、ファビアンは〈ダンサーズ〉での会合に盗聴器を身につけていき、ブースにいた四番目の男は警察官だった。チャステインの行動を唯一説明するのがそれだった——家に帰るよう言われた金曜日の夜も事件に取り組みつづけたのは。

「ちょっと話を戻しましょう」バラードは言った。「ファビアンとより大きな魚の話をしたのはいつです？」

「およそ一月まえだ」タウスンは言った。「それが最後に彼と話したときだった」

「『警官ではどうだろう？』と彼が言ったとき、あなたはなんと答えました？」

「ジェイ・シド時代から、連邦政府は警察官を交換材料にするのをつねに好んでいるのは知ってるよ、と言ったんだ。残念ながら、それは事実だ。見出しが大きくなり、政治的な評判も高くなる。ただの麻薬密売人は、十把一絡げの存在だ。警官を訴追するのは、検事局長に涎《よだれ》を垂らさせる」

「じゃあ、あなたはそういうふうに言ったんですね。盗聴器を身に付けろと言った？」

「いや、そういうことはいっさい言っていない。ファビアンに警告はした。悪徳警官は失うものがあまりに多いので、とても危険な存在だ、と伝えたんだ」

「その警官がだれなのか、あなたは訊きましたか？」

「いや、訊かなかった。それがとても一般的な会話だったことを理解してもらわねば。予定した打ち合わせではなかったんだ。ファビアンは、『不正をおこなっている警官を知っている』とは言わなかった。『万が一、おれが警官を渡せばどうなるだろう？』と言った。そして、ごく一般的な言い方で、わたしは『ああ、警官はいいだろうな』と答えた。それだけだった。わたしは盗聴器を付けろとファビアンには言わなかったが、確実な情報を持っていることを確かなものにするといった流れに沿う言葉を口にしたかもしれない。それだけであり、それがわれわれの話した最後の内容だ。そのあとでファビアンと会うことはなかった」

大量殺人事件の動機と、発砲犯が最初にファビアンを撃った理由がわかった、といまやバラードは信じていた——なぜなら、ファビアンが裏切り者だったからだ。発砲犯はブースにいる全員を殺し、ファビアンのシャツに手を伸ばし、記録装置を奪った。

問題は、どうやって盗聴器の存在を発砲犯が知ったかということだ。バラードにはそれは明白に思えた。記録装置がファビアンの胸を焼きはじめ、ファビアンはひるむなり、皮膚から盗聴器を引き剝がそうとするなりして、気取られてしまった。ブースにいた警官が勘づくようななんらかの動きをしてしまったのだ。そして警官は、この会合が仕組まれたものだと悟ると、迅速かつ断固とした行動を取った。

バラードはタウスンを見て、自分がいまどれだけ明らかにすべきだろうか、と考えた。

「チャステイン刑事は金曜日にその線に沿って質問したんですか？」

「いや。しなかった。いま言ったようなことを彼はまったく口にしなかった」

「よかった」

「よかった？　なぜそれがよかったんだね？」

「あなたは昨夜あるいは今朝のニュースを見るか、読むかしましたか、タウスンさん？」

「起きたばかりなんだ。なにも見ていない」

「実際には、事件の犠牲者はいまでは六名になっているんです。金曜日の夜遅く、チャステイン刑事が殺されました」

タウスンは目を丸くし、その知らせを計算し、バラードが意図した結論にすぐたどり着いた。

「わたしは危険な立場にいるのか？」タウスンは訊いた。

「わかりません」バラードは答えた。「ですが、可能なかぎり万全の予防措置を取るべきでしょうね」

「冗談を言っているのかね？」

「そうであればいいのですが」

「わたしをこんなことに巻きこまないでくれ。わたしは依頼人に助言をした、それだけだ」

「それはわかります。わたしに関するかぎり、この会話はプライベートなものです。いかなる報告書や記録にも記されません。それは約束します」

「なんてこった。チャステインが殺されたことをわたしに話しておくべきだったのに」

「話しましたよ」

「ああ、わたしから望みのものを手に入れたあとでな」

五分後、タウスンを危険な立場に陥らせないようにすると約束してから、バラードはサングラスをかけ、ヴァンに戻っていった。車のドアまできて、キーを手探りで探すふりをしながら、こっそり周囲の様子を確認した。

バラードはタウスンを震え上がらせたが、そうすることで、自分自身も震え上がらせてしまった。自分が言った助言に従い、彼女もまた万全の予防措置を講じる頃合いだった。

19

バラードは眠らねばならなかったが、自分をまえへ押しやりつづけた。タウスンの元をあとにすると、丘を越え、ウェスト・ハリウッドに入った。次の立ち寄り先は、マシュー・〝メトロ〟・ロビスンの自宅だった。夜のあいだにロビスンに三度メッセージを残したが、彼はかけ直してこなかった。

車両局のデータベースで入手したロビスンの住所は、バラードをサンタモニカ大通りの南のラ・ホーヤ・アヴェニューにある共同住宅に導いた。ゆっくりと車を走らせていると、その建物の正面の縁石に覆面パトカーであることが明白な車が停まっているのを見た。バラードはそのまま進みつづけ、半ブロック先で車を停めた。ステッドマンはバラードに、チャステインが証人の説得について妻にショートメッセージを送ったった、と言った。その証人の身元を確かめ、見つけるのが優先事項になろう。そしてチャステインは時系列記録の最後の捜査行動としてロビスンからの電話を書類に残していたことから、靴販売人が特捜班にとって高い関心の対象だったように思える。

バラードは覆面パトカーから目を離さずにいられるようサイドミラーを調整した。二十分後、ふたりの刑事がロビスンの住居を出て、車に乗りこむのが見えた。彼らはコーリー・ステッドマンと彼のパートナー、ジェリー・ルドルフだった。だれも連れていなかったことから、ロビスンが在宅していなかったのか、あるいはロビスンは在宅していて、質問に答え、刑事たちが満足したかのどちらかということだ。昨晩ロビスンから返事がなかったことから判断して、もっとも可能性の高いシナリオは、ロビスンが在宅していなかったというものだろうとバラードは考えた。

バラードはステッドマンとルドルフが乗った車が走り去るのを待ってから、自分の車を降り、共同住宅の建物に歩いて向かった。セキュリティ・ゲートはなかった。ロビスンの部屋のまえにいき、ドアをノックしたところ、応答があってバラードは驚いた。十九歳くらいに見える小柄な女性が、ドア・チェーンの向こうからこちらを覗いた。バラードはバッジを示した。

「あなたはメトロのガールフレンド？」バラードは訊いた。

バラードは、自分の性別と、一見親しげに見えるところが、ついさきほどここにいたふたりの白人男性刑事よりも相手の警戒心を緩めるのに役立つよう願った。

「なんの用？」若い女性は言った。

「ついさきほどここにいたあのふたりの男たちとおなじように、わたしはメトロを捜しているの」バラードは言った。「だけど、異なった理由で」

「あんたの理由とは？」

「彼を心配しているの。金曜日に彼はわたしのパートナーに連絡してきた。ところが、そのパートナーは死んでしまった。メトロが傷ついてほしくないの」

「メトロを知ってるの？」

「知っているというほどではないかな。わたしはただ彼と彼の友だちのザンダーを、できるかぎりこの状況から遠ざけてあげようとしているだけ。メトロの居場所を知らない？」

若い女性は唇をかたく結び、バラードは相手が涙をこらえているのがわかった。

「知らない」女性は喉が詰まった声で答えた。

「最後に彼が家にいたのはいつ？」バラードは訊いた。

「金曜日。あたしは仕事があり、十時に終わると、彼はここにいなかった。ショートメッセージに返事をしてこない。彼はいなくなってしまい、あたしはずっと待っている」

「きのう〈キックス〉でメトロは働く予定になっていた？」

「うん、それなのにお店に姿を見せていない。あたしはお店にいって、ザンダーと話をしたら、メトロは出勤していないと言われた。もしきょう姿を見せなければ首にする、と店の人に言われた。ほんとに怖い」

「わたしはレネイ」バラードは言った。「あなたの名前は？」

「アリシア」若い娘は答えた。

「ついさきほどまでここにいたふたりの刑事にいまのことを全部話したの？」

「ううん。あいつらあたしをビビらせた。彼はここにずっといなかったと答えただけ。あいつらきのうの夜も来て、おなじ質問をしたんだ」

「わかった。金曜日の話に戻りましょう。メトロは午後五時くらいにわたしのパートナーに電話してきたの。そのときあなたはここにいた？」

「いいえ、あたしは四時にここを出た」

「どこに出かけたの？」

「サンタモニカ大通りの〈スターバックス〉」

「あなたがメトロを最後に目にしたのはどこ？」

「ここ。彼は金曜は休みで、あたしが仕事に出かけるときにはここにいた」

「彼はなにをしていた？」

「なにも。カウチに座ってTVを見ていただけ」

アリシアは自分のうしろの部屋にあるカウチを確認しようとするかのようにドアの隙間の向こうで振り返った。そののち、バラードに向き直った。

「あたしはなにをしたらいい？」アリシアは訊いた。声に絶望感がはっきり表れている。

「あなたが住んでいるのはウェスト・ハリウッド」バラードは言った。「この地域を管轄する保安官事務所に彼が行方不明になったと通報した？」

「いえ、まだ」

「では、あなたがすべきことは彼が行方不明になったと通報することだと思う。姿を消して二日間経ち、彼は家に帰ってきていないし、職場へも連絡していない、と。ウエスト・ハリウッド支署に電話して、そう伝えるの」

「あいつらはなにもしてくれないよ」

「彼らは自分たちにできることをするわ、アリシア。でも、メトロが怖がっていて身を隠しているなら、彼を見つけるのは難しくなる」

「だけど、隠れているのなら、なぜあたしにショートメッセージを送ってこないの？」

バラードはその答えを持っていなかったし、メトロの運命に関してバラードが立てた本当の仮説を明かすのははばかられた。

「はっきりとはわからない」バラードは答えた。「ひょっとしたらそのうち連絡してくるかも。ひょっとしたら電話で居場所を追跡できる連中を怖れているから、携帯電話をオフにしているのかもしれない」

それはなんの慰めにもならなかった。

「あたしはでかけないと」アリシアが言った。

ゆっくりとアリシアはドアを閉めようとした。バラードは手を伸ばし、それを止めた。

「名刺を受け取ってちょうだい」バラードは言った。「メトロから連絡があったら、彼にとってもっとも安全な行動はわたしに連絡することだと伝えて。チャステイン刑事とわたしはむかしパートナーであり、チャステインはわたしを信用していた、と伝えて」

バラードは名刺を一枚取りだし、隙間越しに手渡した。アリシアはなにも言わずに名刺を受け取ると、ドアを閉めた。

　バラードは車に戻ると、腕組みをして、ステアリング・ホイールにその腕を乗せた。その腕に額を押しつけてもたれ、目をつむる。クタクタに疲れていたが、事件について考えずにはいられなかった。マシュー・ロビスンは、当初、ＤＳＳ――なにひとつ見ていない《ディドント・シー・シット》――と分類された証人だった。ところが、金曜日の午後五時十分にロビスンはチャステインに電話をかけていた。それから数時間のうちにひとりが死に、ひとりが行方不明になった。なにが起こった？　なにをメトロは知っていた？

　携帯電話が鳴りだしてバラードは驚いた。顔を起こし、画面を確認する。祖母からだった。

「おばあちゃん《トゥトゥ》？」

「やあ、レネイ」

「元気にしてる、トゥトゥ？」

「元気だよ。でも、男の人がここに来たんだ。自分は警察官で、おまえを捜している、と言ってた。おまえはそのことを知っておくべきだと思った」

「そのとおりね。その男は名前を告げて、バッジを見せた？」

　バラードは自分の声に切迫感と懸念が表れないように努めた。祖母は八十二歳なのだ。

「バッジを持っていて、わたしに名刺をくれたよ。おまえはその人に電話しないといけない、と言ってた」

「わかった、そうする。その人の名前を読み上げて、番号を教えてくれる？」

「ああ、ロジャーズだ──おしまいにsがつく。カー──rがふたつつづく綴りだね」

「ロジャーズ・カー。電話番号はなに？」

バラードはセンター・コンソールからペンを摑み、古い駐車レシートに213の市外局番からはじまる番号を書きつけた。名前にも番号にも覚えがなかった。

「トゥトゥ、名前の下に働いているところが書かれている？　たとえば、どこの課とか？」

「ああ、重大犯罪課と書かれている」

バラードはなにが起こっているのか理解した。

「完璧、トゥトゥ。連絡するわ。その人は家に来たときひとりきりだった？」

「ああ、ひとりきりだった。今夜、おまえはうちに来るのかい？」

「あー、いいえ、今週はダメだと思う。事件を調べているの、トゥトゥ」

「レネイ、おまえの週末だろ」

「わかってる、わかってる、でも、仕事をさせられているの。これに結着をつけたら、来週は一日代休を取れるかもしれない。最近、波の砕け具合《ブレイク》を確認してる？」

「毎日、ビーチを散歩しているんだよ。大勢の坊主たちが水に出ている。いいブレイクにちがいないよ」

バラードの祖母は、彼女の息子、つまりレネイの父がサーフィンをしていたソリマー・ビーチとマッスル・ショールズから遠くないヴェンチュラに住んでいた。

「えーっと」バラードは言った。「来週もブレイクがまだいいことを願っている。じゃあ、この男に電話してみて、なにが望みなのか確かめてみるわ、トゥトゥ。来週、そっちに向かうときに連絡する」

「わかったわ、レネイ。気をつけてね」

「わかってる、トゥトゥ」

バラードは電話を切り、画面の時計を見た。十一時十一分。ということは、メルローズ・アヴェニューの店舗はあいている。アリシアによれば、ザンダー・スペイツは行方知れずになっていなかった。アリシアは土曜日にメトロを捜しに〈キックス〉にいったときにスペイツと話をしていた。

バラードはエンジンをかけ、車を発進させた。メルローズ・アヴェニューに向かってラ・ホーヤ・アヴェニューを南下した。祖母にああ言ったものの、バラードはロジャーズ・カーに電話するつもりはなかった。カーがなにを目指しており、なにを欲しているのか、バラードはわかっていた。重大犯罪課は〈ダンサーズ〉／チャステイン事件に巻きこまれ、ステッドマンとルドルフ同様、カーもチャステインの最後の足取りをたどる捜査に関わっている可能性がきわめて高かった。それにはザンダー・スペイツと彼の携帯電話を引き取りにハリウッド分署をチャステインが訪れたことも含まれるだろう。また、バラードがチャステインと交わした最後の会話も含まれるだろう。あの会話は個人的かつ秘密のものであり、それを他人とわかちあいたくなかった。

バラードは市警へ提出する個人記録のすべてに現住所として祖母の住所を記載していた。小さなバンガローに寝室がひとつあり、オフの日はたいていそこで過ごしていた。トゥトゥの家庭料理と会話、すぐそばにあるサーフィンにうってつけの波、車庫にある洗濯乾燥機に惹きつけられて。だが、パートナーであるジェンキンズを別にして、だれも仕事のオフのときにバラードがどこにいるか正確には知らなかった。カーがヴェンチュラにある家まで九十分かけて車を運転してきたという事実は、彼がバラードの人事記録へのアクセス手段を持っていたということであり、そこがバラードは気になった。もしカーが本気で話をしたいのなら、自分を見つけられるだろう、とバラードは判断した。

〈キックス〉は、フェアファックスとラブレアのあいだのメルローズ・アヴェニューに並んでいる多くの店と似ていた。ミニマリストが好むシックさを持ち、高価であることだ。そこは本質的にカスタマイズされた運動靴の店だった。ナイキやアディダスやニューバランスのようなだれもが知っているブランドの靴が、染め直しやピンやジッパー、縫い付けられたスパンコールや十字架やロザリオで手を加えられ、元の小売価格に数百ドル上乗せされて売られていた。そしてバラードが店に入ったときのまわりの様子から、だれもそのことを気にしていないようだった。レジカウンターのうしろには、〝靴はアートだ〟という標示があった。

バラードはハイスクールのダンスに付き添いとしてきたような場違い感を覚えた。すでに混みあっている店内を見まわして、スペイツがピンク色のキスマークで派手に彩られたナイキのシューズに興味を示している客に靴箱をあけているのを見た。スペイツはその靴のクールなところを褒《ほ》め称《たた》えていたが、バラードが近づいてきたのを目に留めた。

「すぐにいきます、刑事さん」スペイツは言った。

　スペイツは大きな声でそう言ったので、店内の全員の関心がバラードに向かった。バラードは視線を無視し、店の商品を展示するのに使われている透明なプラスチックの台座に載っている靴を手に取った。赤いコンバースのハイトップで、どういうわけか、八センチ近い高さのプラットホーム・ヒールが付いていた。

「それを履くとスゲー映えるよ、刑事さん」

　バラードは振り返った。スペイツだった。彼は、鏡のまえで行き来しながら、試し履きしたキスマークの付いたナイキを検討している客から離れてやってきたのだった。

「バスケの速攻《ファストブレイク》に耐えられるとは思えないな」バラードは言った。

　スペイツがそのジョークにピンときていないのは、顔を見てわかった。バラードは先をつづけた。

「ザンダー、二、三分、話をしないといけないの。プライバシーが保てるような奥のオフィスがある？」

　スペイツは先ほどの客のほうを身振りで示した。

「おれは働いてるんだ。ここはコミッション・ショップなんだ」スペイツは言った。

「きょうはセールをやってて、おれは売らないといけない。ただ話をするために――」

「オーケイ、わかった」バラードは言った。「メトロについて話して。彼はどこにいるの？」

「メトロの居場所はわからないよ。ここに来ているはずだったんだ。きのうも姿を見せなかった。電話してみたけど、出なかった」

「もし隠れているなら、メトロはどこにいく？」

「なんだって？　知らないよ。つまり、だれが隠れたりするのか？　すげー不気味じゃん」

「最後にメトロと会ったのはいつ？」

「クラブを出たあの夜さ。ねえ、客が待ってるんだ」

「あと二分ほど自分の姿を見させておきなさい。金曜日はどう？　あなたは金曜日にメトロと会っていない？」

「いや、おれたちはふたりとも金曜はオフだったんだ。だから、木曜の夜にでかけたんだ」

「じゃあ、メトロが金曜になにをしていたのか知らないのね？　メトロに電話して自分が分署にいって、携帯電話を警察に取り上げられたことも伝えていないんだ？　警察がメトロと話をしたがるかもしれない、と警告もしていない？」

「ああ、あいつはあの夜なにも見ていないからさ。おれたちふたりとも見ていない。それに、おれはあいつに電話できなかった。あんたとあの刑事がおれの電話を取り上げたから」

「じゃあ、午後五時にメトロが警察に電話した理由はなに？　彼はなにを知っていたの？」

「なぜあいつが電話したのか、あるいはなにを知っていたのか、おれにはわからん。売り上げを立てられなくなりそうだ。いかないと」

スペイツはバラードから立ち去り、客のもとへいった。客は座ってナイキを脱ごうとしていた。成約ならずだな、とバラードの目には映った。自分が八センチ近いヒールの付いたコンバースをまだ手にしているのに気づく。靴の底を確認し、値札が三百九十五ドルであるのを見た。そっと靴を台に戻し、まるでそれが芸術作品であるかのようにそこに置いた。

バラードはヴェニスに向かい、そのあと眠ることにした。ローラを引き取り、ローズ・アヴェニューのライフガード・スタンドから五十メートルほど北にテントを張った。あまりにくたびれていたので、まず寝てからそのあとでパドルボーディングをすることにした。

祖母がロジャーズ・カーからもらった名刺から読み上げた番号とおなじ市外局番213からの電話がひっきりなしにかかってきて、睡眠を邪魔された。バラードは出なかったが、カーはしつこく電話をかけてきて、三、四十分おきに睡眠から叩《たた》き起《お》こされた。カーはメッセージを一度も残さなかった。三度眠りを邪魔されてから、バラードは電話をミュート・モードにした。

そのあと、バラードは三時間ぐっすり眠り、目を覚ますと、ローラの首が自分の腕にもたれかかっていた。携帯電話を確認すると、カーがさらに二度電話をかけてきて、その最後の電話のあとでついにメッセージを残していた。

「バラード刑事、重大犯罪課のロジャーズ・カー刑事だ。いいかい、話をする必要がある。おれは同僚警官のチャスティンの殺人事件を捜査しているチームの一員だ。直接会って話ができるよう、折り返し電話してくれないか」

カーは電話番号をふたつ残していた——携帯電話——すでにバラードは入手していた——と、市警本部ビルの固定電話番号だ。バラードは、むかしから〝いいかい〟という言葉で話をはじめる人間にむかついてきた。

いいかい、話をする必要がある。

いいこと、いいえ、話をする必要はないわ。

バラードはまだ返事をしないことに決めた。きょうはオフ日になっており、陽が低くなりかけていた。テントのジッパーを閉めた出入り口越しに、海面を確認し、午後の風が少しさざ波を立てているのを見た。太陽を見上げ、鮫が出てくる夕暮れまで一時間、パドルができるだろう、と見積もった。

十五分後、バラードは同乗者とともに水に出ていた。ローラはしゃがんだ姿勢で、さざ波を乗り越えていくボードの先端にどっしり陣取っていた。バラードは風にさからって北へ進んでおり、疲れ切ってビーチに戻るときはその風が背中を押してくれるものと期待していた。

水に深くパドルを入れ、長くてなめらかなストロークで進んだ。体を動かしながら、〈ダンサーズ〉事件の細部を心のなかにたゆたわせた。知っていること、推測できること、知らないことを正確に言葉にしようとした。ブースにいた四番目の男が警官だと仮定すると、その会合が風俗犯罪および法執行のさまざまな分野――賭博、高利貸、麻薬取引――で経験を有する連中の集まりだったことになる。麻薬密売人のフアビアンは、自分の裁判で罪を軽くする引き換えに警官を差しだすことを弁護士に相談していた。それはファビアンが違法活動に関与している警官を知っていることを意味していた。おそらく賄賂を受け取っているか、捜査の妨害をしたことがある警官だろう。借金がある警官かもしれない。

バラードは、呑み屋に借金がある警官が、おそらく仲介役として麻薬密売人を通じて高利貸に紹介される、というシナリオを思い描くことができた。パドルをしながら浮かんだ別のシナリオは、すでに呑み屋と高利貸に借金がある警官が、取引をして借金を肩代わりしてもらう手はずを整える目的で麻薬密売人に紹介されるというものだった。

たくさんの考えうる可能性があったが、もっと事実を摑んでいないと、範囲をせばめられなかった。バラードはボードの方向を変え、チャステインに焦点を絞った。チャステインの行動は、バラードがいま取っているのとおなじ道を進んでいたことを示していたが、どういうわけかそれにより注意を引いてしまい、その結果、殺されてしまった。

問題は、彼はどうやってそんなに早くそこにたどり着いたのだろうということだ。チャステインはバラードがタウスンから手に入れた情報を持っていなかった。だが、なにかがチャステインにあのブースにいたのは警官である、と伝えたのだ。

バラードは最初に戻った。事件への出動要請に。すばやくバラードは捜査での自分の取ったステップを思い返した。ハリウッド長老派病院からはじまり、事件現場でオリバスに追い返されるまでを。まるで映画フィルムのように個々の瞬間を調べてみた。そのフレームに入っているすべてのものに興味を示す。

最終的に、うまく当てはまっていないものが見えた。それは事件現場での最後の瞬間、オリバスが目のまえにいて、バラードを侮辱し、立ち去るように告げているときのことだった。バラードはオリバスの肩越しに同情的にこちらを見てくれている人間を探そうとした。最初、検屍局長に、ついで元のパートナーに視線を向けた。だが、ドクターJは目を逸《そ》らし、チャステインは証拠を袋に入れるのに忙しくしていた。チャステインはバラードのいる方向に目も向けずにいた。

バラードはいま、そのときが重要な瞬間だったと悟った。チャステインはなにかを袋に入れていた――バラードには黒いボタンのようなものに見えた――オリバスはそちらに背中を向け、バラードを見ていた。チャステインはドクターJにも背中を向けており、検屍局長にも彼がなにをしているのか見えなかっただろう。

刑事は事件現場で証拠を袋に入れたりしない。鑑識班がする。それに加え、証拠を拾って袋に入れるには、だれにとっても早すぎる段階だった。事件現場は新鮮で、死体はまだその場にあり、３Ｄ事件現場カメラは設置すらされていなかった。チャステインはなにをしていたんだろう？　正しく記録に取られ、分類されるまえに、なぜ正規の手順を破って、事件現場からなにかを取り除いたのだろう？

バラードは疲れ切っていたが、ペースを上げ、パドルを漕ぐたびに自分をいっそう激しくまえに押しやった。肩、腕、太ももがその負荷でブルブル震えていた。戻らねばならなかった。なにを見逃したのか突き止めるためチャステインの事件ファイルに戻らねばならなかった。

岸に近づいて、自分のテントの隣にひとりの男が待っているのを目にしたとき、体の痛みと計画をバラードは忘れた。男はジーンズと黒いボマージャケットを着て、アビエーター・サングラスをかけていた。ベルトに付けているバッジが目に入るまえから男が警官だとバラードにはわかった。

バラードは水から上がり、すばやくボードのリーシュコードを外した。それからベルクロのアンクル・ストラップをローラの首輪に巻きつけた。ローラが飛びかかろうとすると簡単にストラップを外せるとわかっていたものの、バラードは、ストラップを引かれるのをローラが感じ、自分がバラードの支配下に置かれていると知ってくれるよう期待した。

「おとなしくして、お嬢ちゃん」バラードは言った。

ボードを左脇に抱え、グリップ・ホールに指を入れ、バラードはアビエーター・サングラスをかけた男にゆっくり歩いて近づいた。男に見覚えはあったが、どこで見たのか思いだせなかった。ひょっとしたらたんにサングラスのせいかもしれない。たいていの警官が標準的にかけているものだった。

男はバラードが口をひらくよりまえに話しかけてきた。

「レネイ・バラードかい？　連絡つけようと苦労したぜ。重大犯罪課のロジャーズ・カーだ」

「どうやってわたしを見つけたの？」

「まあ、おれは刑事だ。信じようと信じまいと、いい情報をくれる人間がいるんだよ」

「冗談はやめて。どうやってわたしを見つけたのか教えてくれないのなら、とっといなくなって」

カーは両手を上げて降参の仕草をした。

「ワオ、すまんな。怒らせるつもりはなかったんだ。きみのヴァンを警察無線で広めたら、駐車場でそれを見たとふたりのバイク警官が教えてくれた。おれはそこへいき、訊きまわった。そしてここに来た」

バラードはボードをテントの隣に置いた。遠くで雷が鳴っているような低い唸り声がローラの胸から聞こえた。飼い犬はバラードの心の動きを感じ取っていた。

「わたしのヴァンを警察無線で広めたって？」バラードは訊いた。「わたしの名前で登録すらされていないのに」

「それはわかっている」カーは言った。「だけど、きょう、おれはジュリア・バラードと会った。きみのお祖母《ばあ》さんだと思うんだが。彼女の名前を登録車両で検索したら、くだんのヴァンが浮かび上がった。きみはサーフィンが好きだと聞いている。二足す二をしたわけだ」

カーは捜査の推論の確かさを証明するかのように大海原を示す仕草をした。

「わたしがしているのはパドルボーディングよ」バラードは言った。「サーフィンじゃない。なにが望み？」

「ただ話をしたいだけさ」カーは言った。「きみの携帯電話に残したメッセージを聞いてくれたかい？」

「いいえ」

「ふむ、メッセージを吹きこんだんだが」

「わたしはきょうオフなの。携帯電話もオフにしている」

「おれはチャステインの事件を担当しており、過去四十八時間の彼の足取りをたどり直しているんだ。きみは彼と若干の関わりがあり、それについて質問しなければならない。それだけだ。なにも悪意はなく、厳密にルーティンだ。だが、聞かずにはいられないんだ」

バラードは手を伸ばし、ローラの肩を軽く叩いて、なにも問題ないと伝えようとした。

「ダドリーに〈キャンドル〉という店がある」バラードは言った。「ボードウォークにある店。十五分後にそこで会いましょう」

「いまからそこへいけばいいじゃないか？」カーは訊いた。

「わたしはシャワーを浴び、この子の脚から塩を洗い流さないとならないの。最大で二十分ね。信用して、カー。そこにいくから」

「おれに選択肢はあるのかな？」

「これがあなたの主張するようにルーティンなら選択肢はないわね。マヒマヒ・タコスを試してみて。美味《おい》しいわよ」

「じゃあ、そこで会おう」

「屋外テーブルにして。犬を連れていくから」


（下巻につづく）

|著者| マイクル・コナリー　1956年、フィラデルフィア生まれ。フロリダ大学を卒業し、フロリダやフィラデルフィアの新聞社でジャーナリストとして働く。手がけた記事がピュリッツァー賞の最終選考まで残り、ロサンジェルス・タイムズ紙に引き抜かれる。「当代最高のハードボイルド」といわれるハリー・ボッシュ・シリーズは二転三転する巧緻なプロットで人気を博している。著書は『暗く聖なる夜』『天使と罪の街』『終決者たち』『リンカーン弁護士』『真鍮の評決　リンカーン弁護士』『判決破棄　リンカーン弁護士』『スケアクロウ』『ナイン・ドラゴンズ』『証言拒否　リンカーン弁護士』『転落の街』『ブラックボックス』『罪責の神々　リンカーン弁護士』『燃える部屋』『贖罪の街』『訣別』など。

|訳者| 古沢嘉通　1958年、北海道生まれ。大阪外国語大学デンマーク語科卒業。コナリー邦訳作品の大半を翻訳しているほか、プリースト『双生児』『夢幻諸島から』『隣接界』、リュウ『紙の動物園』『母の記憶に』『生まれ変わり』(以上、早川書房)など翻訳書多数。

レイトショー(上)

マイクル・コナリー｜古沢嘉通《ふるさわよしみち》 訳

講談社文庫

定価はカバーに
表示してあります

2020年２月14日第１刷発行

発行者——渡瀬昌彦

発行所——株式会社　講談社

東京都文京区音羽2-12-21　〒112-8001

電話 出版 (03) 5395-3510
販売 (03) 5395-5817
業務 (03) 5395-3615

デザイン—菊地信義

本文データ制作—講談社デジタル製作

印刷———豊国印刷株式会社

製本———株式会社国宝社

Printed in Japan

ISBN978-4-06-516951-3

講談社文庫刊行の辞

二十一世紀の到来を目睫に望みながら、われわれはいま、人類史上かつて例を見ない巨大な転換期をむかえようとしている。

世界も、日本も、激動の予兆に対する期待とおののきを内に蔵して、未知の時代に歩み入ろうとしている。このときにあたり、創業の人野間清治の「ナショナル・エデュケイター」への志を現代に甦らせようと意図して、われわれはここに古今の文芸作品はいうまでもなく、ひろく人文・社会・自然の諸科学から東西の名著を網羅する、新しい綜合文庫の発刊を決意した。

激動の転換期はまた断絶の時代である。われわれは戦後二十五年間の出版文化のありかたへの深い反省をこめて、この断絶の時代にあえて人間的な持続を求めようとする。いたずらに浮薄な商業主義のあだ花を追い求めることなく、長期にわたって良書に生命をあたえようとつとめるところにしか、今後の出版文化の真の繁栄はあり得ないと信じるからである。

同時にわれわれはこの綜合文庫の刊行を通じて、人文・社会・自然の諸科学が、結局人間の学にほかならないことを立証しようと願っている。かつて知識とは、「汝自身を知る」ことにつきていた。現代社会の瑣末な情報の氾濫のなかから、力強い知識の源泉を掘り起し、技術文明のただなかに、生きた人間の姿を復活させること。それこそわれわれの切なる希求である。

われわれは権威に盲従せず、俗流に媚びることなく、渾然一体となって日本の「草の根」をかたちづくる若く新しい世代の人々に、心をこめてこの新しい綜合文庫をおくり届けたい。それは知識の泉であるとともに感受性のふるさとであり、もっとも有機的に組織され、社会に開かれた万人のための大学をめざしている。大方の支援と協力を衷心より切望してやまない。

一九七一年七月

野間省一

講談社文庫 最新刊

講談社文芸文庫

庄野潤三
庭の山の木
解説＝中島京子　年譜＝助川徳是

家庭でのできごと、世相への思い、愛する文学作品、敬慕する作家たち——著者のやわらかな視点、ゆるぎない文学観が浮かび上がる、充実期に書かれた随筆集。

978-4-06-518659-6
しＡ15

庄野潤三
明夫と良二
解説＝上坪裕介　年譜＝助川徳是

何気ない一瞬に焼き付けられた、はかなく移ろいゆく幸福なひととき。人生の喜びとあわれを透徹したまなざしでとらえた、名作『絵合せ』と対をなす家族小説の傑作。

978-4-06-514722-1
しＡ14

海外作品

小説

2019年12月15日現在